Isaac Bashevis Singer

Prix No

La corne du bélier

ROMAN
TRADUIT DE L'ANGLAIS
PAR GISÈLE BERNIER

ÉDITION REVUE ET CORRIGÉE PAR
JACQUES ROBERT

PRÉFACE DE JACOB SLOAN

Bibliothèque cosmopolite
Stock

Titre original :

SATAN IN GORAY
(The Noonday Press, New York)

Préface

L'atmosphère de ce roman est médiévale, le style en est classique, parfois même démodé, la construction épique, le ton uni, le décor remarquablement réaliste et évocateur tout à la fois. La Corne du Bélier, *d'Isaac Bashevis Singer, est un chef-d'œuvre de la langue yiddish.*

C'est l'histoire authentique d'une crise d'hystérie religieuse qui secoua la Pologne vers le milieu du XVIIe *siècle. Goray est une petite ville, un* shtetel, *située dans la province dont Lublin est la métropole. Ses habitants sont pour la plupart des Juifs, dont les ressources proviennent du commerce qu'ils pratiquent entre eux ou avec les paysans des villages et des fermes des environs, sous la protection hypocritement bienveillante du seigneur féodal de Goray.*

L'action se déroule au cours de l'année 1665-1666, quand les espoirs des Juifs étaient à leur comble. C'était, en effet, l'année que les initiés de la Kabbale, à la suite de savants calculs établis d'après des textes ésotériques de la Bible, avaient signalée comme celle de la venue du Messie, si longtemps attendu. De plus, l'époque semblait tout à fait propice, pour les enfants d'Israël dispersés, à la rédemption des souffrances de leur Exil (comme cela devait se reproduire à l'époque napoléonienne). Seize ans plus tôt, l'het-man cosaque Bogdan Chmielnicki avait pris la tête d'une armée de haidamaks, qui s'étaient insurgés contre les grands propriétaires polonais ; chemin faisant, ils avaient donné un nouveau but à leur rage destructrice : les citadins juifs, au service de leurs seigneurs. On a, depuis, estimé à cent mille le nombre des Juifs qui trouvèrent la mort, de 1648 à 1658. Les soulèvements des paysans, au cours de ces dix années, et les représailles sanglantes exercées par les grands propriétaires polonais semblaient annoncer aux Juifs de 1665 l'ultime combat d'Armageddon, à la suite duquel (et après l'anéantissment des deux armées) apparaîtrait, suivant la tradition répandue, le véritable Messie.

En effet, à ce moment décisif, un prétendant messianique apparaît en Orient. Il s'agit d'un certain Sabbataï Zevi, un Juif oriental dont le pouvoir magnétique (on dirait aujourd'hui schizophrénique) le fait bientôt bénéficier des services indispensables d'un « apôtre », Nathan de Gaza. Nathan rend publiques les revendications de Sabbataï Zevi et pousse Sabbataï, jusqu'alors incertain de sa destinée, au centre même de la scène messianique. Sabbataï Zevi éveille rapidement la foi passionnée de la grande masse, au sein des communautés juives d'Europe et du Proche-Orient. Les Juifs se préparent à suivre leur Messie sans réserve, à quitter leurs foyers d'exil pour l'utopie de la Terre d'Israël.

Mais Sabbataï Zevi s'avère être un faux Messie (c'est-à-dire non inspiré). Sommé par le Sultan de choisir entre la mort et la puissance temporelle, il décide sans hésitation de renoncer à la divine immortalité du martyr. Sabbataï se convertit. Il se fait musulman, entraînant à sa suite une grande partie de ses fidèles ; il laisse le Peuple Juif déchiré par un *schisme sans précédent. En effet, bien que l'homme Sabbataï Zevi ait trahi son peuple, le mouvement qui s'était amorcé autour de sa personne ne cesse pas pour autant. Sabbataï a cristallisé autour de son nom des forces puissantes et profondes ; celles-ci tendent à se libérer de l'étroitesse de la Loi juive, et, aussi bien, à faire éclater les cadres de cette société de type féodal que constitue le Ghetto.*

La longue tradition du messianisme juif liée, dès le temps des disciples de Jésus, à un rejet de la Loi (pour des motifs universalistes) persiste jusqu'au XXe siècle et trouve sa dernière incarnation dans la personnalité cosmopolite du journaliste Théodore Herzl. A mon avis, il est indéniable que, pour beaucoup de Juifs, le Sionisme a représenté un mouvement messianique sécularisé ; son aboutissement à la fondation de l'État d'Israël — à ce moment précis de l'Histoire où les Juifs européens étaient victimes de l'extermination catastrophique ordonnée par Hitler — peut passer pour un commencement de réalisation, sur le plan temporel, de la promesse messianique.

Tel est l'arrière-plan historique de La Corne du Bélier. *Mais le premier plan relève exclusivement de l'art, d'un art profondément humain plutôt qu'idéologique. Car l'action de* La Corne du Bélier *n'est pas simplement une illustration des conséquences de l'hérésie sabbataïenne dans une lointaine ville juive de Pologne. Bien plus importante est l'analyse impitoyable des convulsions qui agitent des êtres humains quand les assises d'une société stable sont ébranlées sous l'effet d'une poussée révolutionnaire qui tend vers l'impossible. Assurément, nous qui, à notre époque, avons également vu comment, au sens même de l'expression célèbre de Yeats, « le centre s'abîme à son tour », nous ne pouvons pas nous empêcher d'être frappés par le rapprochement qui s'impose entre* La

Corne du Bélier *et nous-mêmes, dans la situation où nous sommes actuellement : c'est que, dans cette œuvre, nous voyons préfigurées, trois siècles plus tôt, les tentatives faites par notre* XX*e siècle pour modifier radicalement la personne humaine, sous l'effet d'un activisme hystérique. Comme les simples habitants de Goray, nous avons, nous aussi, suivi des visionnaires et des démagogues, qui s'efforcèrent, de la même façon, de nous faire franchir les bornes de nos possibilités humaines. Nous aussi, nous avons essayé de « forcer la fin », en recourant aux moyens les plus énergiques et, comme les gens de Goray, nous aussi avons trouvé que la fin ne peut pas être forcée, que la fin et les moyens sont inséparables ; qu'il n'y a pas de solutions simples ni définitives aux complications tragiques des êtres humains faillibles dans un univers incompréhensible. Car le thème tragique de « la Corne du Bélier » n'est autre que la tragédie de notre civilisation. Comme Isaac Bashevis Singer, l'auteur de cette œuvre puissante nous le rappelle : dès l'instant où la foi est perdue, Satan assure inévitablement son triomphe, et les forces du Mal accablent l'humanité.*

JACOB SLOAN

Première partie

1

L'année 1648, à Goray

Durant l'année 1648, le cruel *hetman* ukrainien Bogdan Chmielnicki, à la tête de ses troupes, assiégea la ville de Zamosć, mais ne réussit pas à s'en emparer, parce qu'elle était solidement fortifiée ; les paysans *haidamaks* révoltés s'éloignèrent et allèrent ravager Tomaszów, Bilgoraj, Kraśnik, Turbin, Frampol. Ils n'épargnèrent pas Goray, la ville perdue parmi les collines, au bout du monde. Ils massacrèrent tout ce qui leur tomba sous la main, écorchèrent vifs les hommes, assassinèrent les petits enfants, violèrent les femmes et leur ouvrirent le ventre pour y coudre des chats. Beaucoup de Juifs s'enfuirent à Lublin, beaucoup se laissèrent imposer le baptême ou furent vendus comme esclaves. Goray, autrefois renommée pour ses savants et ses hommes de haut mérite, était complètement abandonnée. La place du marché, où se rencontraient des paysans venus de tous les villages de la région pour la foire, était envahie par les mauvaises herbes ; la synagogue et la maison d'étude étaient souillées par le fumier des chevaux que les soldats y avaient abrités, comme dans une écurie. La plupart des maisons avaient été dévastées par l'incendie. Des semaines encore après le pillage de Goray, des cadavres gisaient abandonnés, dans chaque rue, sans personne pour les ensevelir. Des chiens sauvages se disputaient des membres désarticulés, et les vautours et les corbeaux cherchaient leur pâture dans la chair humaine. Une poignée de survivants quitta la ville et partit à l'aventure. On eût dit que Goray était à jamais effacée du monde.

Des années plus tard seulement, ses malheureux habitants commencèrent à revenir. Rares étaient les survivants des familles jadis nombreuses. Ceux qui étaient encore de jeunes hommes au moment où Goray avait été dévastée étaient maintenant grisonnants ; ceux qui occupaient un rang élevé dans la communauté étaient à présent vêtus de toile grossière et ne portaient que des sacs de mendiants.

Quelques-uns s'étaient écartés du droit chemin ; d'autres étaient en proie à une tristesse désespérée. Mais c'est la loi de ce monde que, le moment venu, tout soit de nouveau comme avant. Des boutiques, qui longtemps étaient restées fermées, derrière leurs volets rouillés, rouvrirent une à une ; les ossements furent emportés vers le cimetière à l'abandon, où ils furent tous jetés dans une tombe commune ; les vantaux des baraques du marché furent timidement poussés, et des compagnons rafistolèrent les toitures endommagées, réparèrent les cheminées et passèrent de la peinture sur les murs éclaboussés de sang et de cervelle. Avec de longues perches, des garçons repêchèrent des ossements humains dans les cours d'eau mis à sec. Peu à peu, les marchands recommencèrent leurs tournées de village en village, achetant des céréales, des légumes verts, de la toile de lin. Les paysans des villages environnants avaient été trop épouvantés pour mettre encore les pieds à Goray, dans la crainte des démons qui en avaient fait leur domaine. A présent, ils revenaient en voiture à la ville pour se procurer le sel et les chandelles, ou de quoi confectionner les chemises et les corsages des femmes, ou des caftans de coton, des pots de terre et toutes sortes de colliers et de parures. Goray avait toujours été isolée du reste du monde. Des collines et d'épaisses forêts s'étendaient sur des lieues tout autour de la ville. Chaque hiver, les sentiers devenaient le domaine des ours, des loups et des sangliers. Depuis le grand massacre, le nombre des bêtes sauvages avait augmenté.

Parmi les derniers habitants qui retournèrent à Goray, se trouvaient le vieux rabbin — le célèbre Rabbi Benish Ashkenazi — ainsi que Reb Eleazar Babad, jadis l'homme le plus riche et le chef de la communauté. Rabbi Benish ramena avec lui plus de la moitié de sa famille. Il s'installa immédiatement dans sa vieille maison, près de la synagogue, et commença à contrôler l'observance des lois alimentaires, veilla à l'assiduité des femmes aux bains rituels, au moment voulu, et s'assura que les jeunes gens étudiaient la Torah. Le rabbin avait laissé deux filles et cinq petits-enfants dans le cimetière de Lublin. Il avait vécu en exil toutes ces années, mais le malheur n'avait pas changé ses habitudes. Il se levait tôt, étudiait le Talmud et ses commentaires, à la lumière d'une chandelle de cire, s'immergeait dans l'eau froide et récitait des prières à la synagogue au lever du soleil. Rabbi Benish avait plus de soixante ans, mais sa peau n'était pas encore ridée ; il n'avait perdu aucun de ses cheveux blancs, et ses dents n'étaient pas tombées. Quand il franchit le seuil de la synagogue pour la première fois après tant d'années, grand, osseux, avec son abondante barbe frisée, et taillée en arc de cercle, son caftan

d'un gris cendré, et son visage émacié avait la couleur de la brique. Les yeux de Reb Eleazar restaient fixés sur la saillie osseuse de son nez, son regard semblait toujours en train de chercher quelque chose à terre. Il errait affublé d'un vieux bonnet en peau de mouton et d'un indescriptible vêtement d'intérieur ; une corde ceignait sa taille, et ses pieds étaient enveloppés dans des chiffons, comme ceux des mendiants. Il ne venait plus à la synagogue pour prier ; il faisait lui-même son ménage, balayant, préparant à manger pour lui et pour sa fille ; il allait même au marché acheter pour quelques menues pièces de la nourriture aux femmes qui se tenaient assises auprès de leurs carrioles. Si jamais on lui demandait comment il s'en tirait et comment il avait tenu durant son absence, Reb Eleazar se mettait à frissonner, comme à l'évocation de quelque chose d'épouvantable ; il se repliait sur lui-même, le regard perdu au-delà de son interlocuteur et répondait toujours : « A quoi bon en parler ? A quoi cela sert-il ? »

Certains disaient qu'il faisait pénitence pour ses péchés. Teme Rachel, une femme de grande piété, ajoutait qu'une fois, tard dans la nuit, elle était passée devant sa fenêtre et l'avait vu qui faisait les cent pas et parlait tout haut, d'une voix triste. D'autres chuchotaient qu'il avait perdu la raison, qu'il ne retirait pas ses vêtements pour dormir et que, la nuit, il plaçait un long couteau sous son oreiller, comme une femme qui va accoucher, afin d'éloigner le démon.

Sa fille Rechele, qui avait dix-sept ans, boitait du pied gauche et se montrait rarement au-dehors ; elle préférait rester recluse dans sa chambre. Grande, le teint verdâtre, elle était pourtant belle, avec ses longs cheveux noirs qui retombaient jusqu'à sa taille. Dans les premiers jours, après l'arrivée de Reb Eleazar, les gens avaient voulu s'entremettre pour la marier : n'était-il pas dommage qu'une fille de son âge demeurât à la maison sans un époux ? Mais Reb Eleazar découragea les marieurs, ne disant jamais oui ou non, de sorte qu'ils finirent par se lasser de parler pour rien. De plus, le comportement de Rechele avait de tout temps été fort étrange : quand il tonnait, elle hurlait et se cachait sous le lit. Aux jeunes femmes et aux jeunes filles qui venaient l'inviter, elle ne répondait rien ; mais elle les rebutait par son indifférence. Depuis le petit matin jusqu'à la nuit tombée, elle restait assise, solitaire, à tricoter des chaussettes, ou simplement à lire des livres hébreux qu'elle avait rapportés de loin. Parfois, on l'apercevait qui tressait ses cheveux, près de la fenêtre. Ses grands yeux noirs fixaient un point quelque part au-delà du faîte des toits — tout grands ouverts, brillants, comme si lui apparaissaient des choses invisibles pour d'autres. Malgré son infirmité, Rechele éveillait des pensées coupables chez les hommes. Les femmes hochaient la tête quand elles parlaient d'elle et chuchotaient : « Pauvre orpheline abandonnée !... Une enfant si fragile ! Quelle misère !... »

2

Rabbi Benish et sa famille

A Lublin, Rabbi Benish avait été constamment occupé. Les événements de 1648 et de 1649 avaient laissé des milliers de femmes ni mariées ni veuves, étant donné que l'on ignorait si leurs époux étaient en vie. Souvent, le tribunal rabbinique devait s'écarter de la lettre de la Loi et libérer une femme des liens du mariage. Dans les antichambres de la maison communautaire, où Rabbi Benish rendait le jugement assisté d'autres grands rabbins, il y avait toujours une foule de femmes éplorées. Certaines de ces malheureuses erraient de ville en ville, recherchant dans les registres des confréries funéraires les noms de leurs maris disparus. D'autres, veuves avérées mais qui devaient libérer leur beau-frère de l'obligation de les épouser, se plaignaient amèrement de la somme exigée par la Loi.

Souvent, une de ces femmes avait pu se remarier, puis son premier époux était revenu : il avait réussi à échapper à l'esclavage chez les Tartares, ou bien la communauté juive d'Istanbul avait payé sa rançon. Autour du bâtiment où se réunissait le Conseil des Quatre Provinces, des entremetteurs s'affairaient, formaient de futurs couples et leur extorquaient des avances sur leur rétribution ; des mendiants tiraient les passants par leurs vestes ; des fous, des demi-fous riaient, hurlaient, chantaient ;

des enfants qui n'avaient plus ni père ni mère erraient dans la cour intérieure, effrontés et sales, et réclamaient une aumône, avec insolence. On voyait arriver quotidiennement des émissaires de diverses communautés juives : ils racontaient les souffrances infligées par les bandes de Chmielnicki et les soldats suédois. Plus d'une fois Rabbi Benish demanda à Dieu de lui faire quitter ce monde, car il n'avait plus le courage d'écouter ces histoires lamentables.

Mais ici, à Goray, tout était calme. On n'y connaissait pas de débats judiciaires, peu de plaintes en violation de la sainte Loi. Certes, la ville ne lui procurait que des moyens d'existence fort maigres ; en revanche, le rabbin disposait d'assez de temps pour lui-même. Sa chambre était séparée du reste de la maison par un grand couloir, et le silence y régnait. Une mouche solitaire bourdonnait, et elle venait parfois heurter la vitre ; une souris grattait le plancher ; un grillon, derrière le poêle, faisait entendre, pendant quelques minutes, son crissement monotone, puis restait attentif à son écho, un long moment avant de recommencer, comme s'il était affligé d'un inoubliable chagrin. Le plafond était noirci par la fumée ; sur les murs piqués d'humidité, apparaissait, la nuit, la tache verte et blanche d'une salamandre, comme surgie d'un autre monde. Sur sa table étaient posées des feuilles de papier non lignées, ainsi que des plumes d'oie.

Rabbi Benish s'asseyait là, pendant des heures, perdu dans ses méditations ; son large front était plissé par l'effort, et, de temps en temps, il jetait un regard anxieux vers les rideaux jaunâtres de la fenêtre. Bien que plus de la moitié des habitants de la ville fussent maintenant de retour et qu'ils eussent trouvé où se mettre à l'abri, on entendait rarement, à l'extérieur, un bruit de conversations ou de jeux d'enfants. Les quelques Juifs qui semblaient être revenus à Goray se terraient chez eux, leurs oreilles à l'affût des nouvelles qui annonceraient le retour agressif de l'ennemi.

Rabbi Benish connaissait ses gens. Bien qu'il fût constamment perdu dans une méditation profonde, il les avait tous présents à l'esprit et appelait même les femmes par leur prénom. Quand Rabbi Benish arriva à Goray, c'était l'été, la saison la plus active. Les citadins tiraient des troncs d'arbres ramenés de la forêt ; des scies grinçaient, des coups de marteau retentissaient, et des enfants couraient un peu partout. Des jeunes filles revenaient de la forêt, avec des seaux pleins de myrtilles et de fraises sauvages, des lourds fagots de branches, ou des paniers remplis de champignons. Le seigneur de Goray autorisait les citadins à pêcher dans son étang ; chaque famille faisait sécher des fruits, pour les conserver pendant le reste de l'année. Au crépuscule, quand Rabbi Benish faisait sa promenade vers la synagogue, l'air sentait le lait frais et la fumée des cheminées ; et tout semblait être comme avant. A ces moments-là, il levait les yeux au ciel et remerciait Dieu d'avoir sauvé une partie de son troupeau et de ne pas l'avoir laissé anéantir complètement, comme c'était le cas pour d'autres communautés.

Mais à présent, après la Fête des Tabernacles, la saison froide commençait et les dégâts commis à Goray s'y ressentaient davantage. La plupart des fenêtres étaient dépourvues de vitres et durent être obstruées avec des planches ou colmatées avec des morceaux de tissu. Les enfants n'avaient plus de vêtements chauds, de sorte qu'ils restaient à la maison et n'allaient pas à l'école. La pluie laissait des flaques d'eau où se reflétaient des murs et des toitures rafistolés. La moisson était maigre, et le peu de blé que l'on avait récolté ne pouvait être moulu, parce que le meunier était au nombre de ceux qui avaient péri. La roue de son moulin avait été brisée, la digue en terre détruite. Pour avoir un peu de pain, les gens de Goray étaient obligés de broyer les grains à la main, dans des mortiers en chêne, et de faire cuire la lourde pâte à même la flamme. Beaucoup de familles ne pouvaient pas même connaître le goût de ce pain de misère.

Comme pour aggraver les choses, la maison de Rabbi Benish était le théâtre d'une querelle de famille interminable, qui couvait depuis des années, bien avant 1648.

Le fils aîné du rabbin, Ozer, était un vaurien ; sans instruction, il était resté oisif. A près de cinquante ans, il s'asseyait encore à la table de son père, avec sa femme et ses enfants. Ozer était grand, voûté ; il avait des gestes vifs et un caractère irritable. Son bonnet de velours froissé était toujours posé de travers ; il avait sa chemise ouverte, sa veste déboutonnée et maculée. Son nez était arqué comme un bec entre deux gros yeux d'oiseau, au-dessus d'une barbe jaune paille, toujours hirsute. Avant 1648, Ozer avait pris l'habitude de s'installer à l'auberge, pendant des journées entières, jouant aux échecs ou aux dés, se délectant de toutes sortes de cancans et de médisances. Il ne pensait jamais à sa femme ni à ses enfants ; il n'avait aucune ambition sérieuse et tenait toujours un morceau de craie entre ses doigts, avec lequel il ne cessait de griffonner des chiffres sur les armoires ou les tables qu'il trouvait sur son chemin. Et maintenant, il restait la même tête de linotte qu'avant 1648. Le rabbin n'aimait pas Ozer et ne lui adressait que rarement la parole. Ozer restait assis, dans la cuisine, avec les femmes ; il se chauffait au poêle et surveillait de l'œil les marmites ; à la fin, sa mère, la femme du rabbin, le chassait avec un balai, en lui criant :

« N'as-tu pas honte ? Un homme de ton âge ! Eh quoi ! c'est un scandale public ! »

Levi, le plus jeune fils du rabbin, avait dans les trente ans ; il était tout à fait différent de son frère ; trapu, le teint sombre d'un bohémien, c'était un homme hautain, au maintien plein de dignité ; sa barbe arrondie était peignée avec soin, ses papillotes faisaient des boucles élégantes. De Lublin, Levi avait rapporté de riches vêtements ; on pouvait le voir flâner à travers la pauvre ville de Goray dans un manteau de soie à fleurs, orné de parements de satin, chaussé de mules à pompons, et coiffé d'un bonnet de velours flambant neuf. Son pas était mesuré ; il se tenait à l'écart des autres membres de la famille et entrait rarement dans la chambre de son père. Sa mère lui faisait porter des gâteries dans son alcôve, le gavant et le choyant au point d'exciter la jalousie d'Ozer et de ses enfants.

De plus, la femme de Levi, Nechele, était la fille unique d'un riche marchand. Son père avait été assassiné à Narol ; Nechele avait été élevée à Lublin dans la maison de parents aisés. Elle se comportait comme dans le passé : elle restait couchée jusque tard dans l'après-midi et attendait que sa belle-mère envoyât la servante lui apporter une cruche de lait. Nechele considérait même sa stérilité comme une vertu. En semaine, elle portait des foulards de soie et des boucles d'oreilles en or. Ses doigts maigres étaient couverts de bagues. Mince, la poitrine plate, Nechele avait un visage aristocratique, des joues rouges qui trahissaient un tempérament maladif et des yeux affaiblis, à force de pleurer ; elle ne cessait de se plaindre d'être tombée dans une maison aussi vulgaire ; elle était toujours à marmonner quelque chose entre ses lèvres minces, et elle pinçait le nez, comme si les mauvaises odeurs de Goray lui étaient insupportables. Elle ornait à profusion la chambre réservée pour elle et son mari ; les murs étaient recouverts de tapisseries qui représentaient « Le Sacrifice d'Isaac », « Moïse tenant les Tables de la Loi », ainsi que « Le Grand Prêtre Aaron avec le pectoral et le manteau ». Le lit était garni de petits coussins. Un épais rideau brodé, tendu devant les fenêtres, maintenait la chambre à coucher dans une demi-obscurité. Nechele, vêtue comme une grande dame avec un corsage brodé, pourchassait, un plumeau à la main, les toiles d'araignée et la poussière, tout en jetant sur son époux des regards attristés, qui attisaient leur mésentente.

La femme et les enfants d'Ozer, de leur côté, vêtus d'habits grossiers, vivaient à l'étroit et prenaient leurs repas dans la grande cuisine, avec la servante. La maisonnée de Rabbi Benish comptait, en outre, un certain nombre d'orphelins : c'étaient les enfants de celles de ses filles qui avaient trouvé la mort, à Lublin, pendant l'épidémie de choléra. Une autre fille, dont le mariage avait été annulé, habitait également sous son toit. Chacun ne manquait pas de dénigrer sournoisement Levi et sa femme ; ils portaient leur ressentiment sur la femme du rabbin, accusée de complaisance à l'égard de Levi. Les différents partis se prenaient mutuellement à la gorge, multipliant les médisances hypocrites sur le dos les uns des autres. L'hostilité était ainsi des plus vives entre Nechele et la femme du rabbin, entre Nechele et sa belle-sœur, entre les deux frères, et entre les orphelins et leur grand-mère. On disait de Nechele qu'elle avait ensorcelé son mari, pour l'obliger à l'aimer et à la suivre sur la voie de ses erreurs. La femme d'Ozer jurait que Nechele allait cueillir des herbes chaque veille de Shabbat. Quelqu'un l'avait aussi rencontrée, une fois qu'elle se rendait chez la sorcière Kunnigunde, qui vivait en dehors de la ville, près du cimetière des Chrétiens.

Dans le passé, Rabbi Benish avait essayé de ramener la paix dans sa famille. Le rabbin craignait le péché de discorde, sachant que tout châtiment qui frappe une maison n'a pas d'autre cause. Mais, à présent, il n'avait plus la force d'imposer la paix. Ses années étaient comptées et il y avait beaucoup de choses à remettre en ordre. Il avait plusieurs travaux à terminer. En outre, les cruelles persécutions des années 1648 et 1649 avaient ranimé en lui les vieux paradoxes concernant la foi, la prédestination et le libre arbitre, ainsi que les souffrances infligées aux justes.

Rabbi Benish restait seul, enfermé dans sa chambre et ne se rendait plus dans celle de sa femme la nuit du vendredi. Aux rares occasions où quelqu'un de sa famille venait chez lui, et commençait à médire ou à rapporter, Rabbi Benish se dressait de toute sa hauteur, et, sa barbe s'agitant comme une chose vivante, frappant d'une main sur la table de chêne, et de l'autre désignant la porte à l'intrus, il s'écriait d'une voix terrible :

« Allez ! Dehors ! J'en ai assez entendu. Pestes que vous êtes tous ! »

3

Des rumeurs extraordinaires

Depuis déjà quelques années, des rumeurs extraordinaires s'étaient répandues en Pologne.

Pendant la période où Rabbi Benish habitait encore à Lublin, il avait entendu des nouvelles surprenantes. Tout le monde parlait de l'émissaire rabbinique de Jérusalem, Baruch Gad qui, après avoir traversé un désert, avait atteint l'autre rive du fleuve Sambation ; il en avait rapporté une lettre sur parchemin des Dix Tribus Perdues, soi-disant rédigée par le roi juif Achitov, fils d'Azariah. D'après cette lettre, la venue du Messie était proche. Des copies de cet écrit étaient entre les mains de quelques rares Juifs de la Terre d'Israël, qui allaient de pays en pays recueillir de l'argent.

Les plus grands kabbalistes de Pologne et d'autres pays découvrirent de nombreuses allusions dans le Zohar et dans d'autres vieux livres kabbalistiques, suivant lesquels les jours de l'Exil étaient comptés. Les massacres perpétrés par les hordes de Chmielnicki n'étaient autre chose que les douleurs de l'enfantement du Messie. D'après une formule secrète, ces douleurs devaient commencer au cours de l'année 1648 et durer jusqu'à la fin de la même année : alors se produirait la totale et parfaite rédemption.

Toutes ces choses étaient commentées avec calme ; les nouvelles se transmettaient de bouche à oreille, de façon à ne pas provoquer d'affolement parmi les femmes et les ignorants à l'entendement limité. Néanmoins, les gens du peuple avaient leur façon à eux de prédire l'aide qui, sûrement, allait être apportée aux Juifs.

Dans presque toutes les villes, il se trouvait quelqu'un qui allait de porte en porte, pour annoncer que tous les Juifs allaient être bientôt rachetés. Certains affirmaient qu'ils avaient pu entendre résonner la grande corne du bélier, annonciatrice des Derniers Temps ; d'autres incitaient leurs auditeurs à se tourner vers Dieu, afin que chacun rendît compte de ses propres péchés comme de ceux d'autrui ; d'autres encore dansaient de joie dans les rues et battaient le tambour.

Des femmes du commun faisaient des rêves extraordinaires : des parents défunts leur révélaient les miracles qui allaient bientôt s'accomplir. Rêve ou réalité, les gens voyaient partout, monté sur un âne, ce pauvre qui devait être le Messie ; ils entendaient le prophète Élie proclamer : « Le Jour de la Rédemption est venu sur la terre ! » Un immense nuage s'abaissait, et tous les Juifs, avec femmes et enfants, s'y installaient pour voguer vers Jérusalem. Avant eux, s'envolaient leurs synagogues et leurs maisons d'étude. Une servante de Bechev racontait que, pendant son sommeil, elle avait vu un édifice flamboyant, haut comme le ciel et brillant comme le soleil. Alentour, des Juifs en vêtements de soie, portant les coiffes de fourrure des dévots, étaient à genoux et chantaient les psaumes de louange du shabbat. Son maître, un homme instruit, comprit tout de suite que la jeune fille avait été jugée digne d'entrevoir, au milieu d'une foule de lévites, le Temple céleste, avec les lévites en fonction. Il avait fait la tournée des communautés avec elle, pour lui faire décrire sa vision. Chez les Chrétiens, des devins révélèrent que, plus d'une fois, ils avaient observé dans le ciel, à l'est, une petite étoile, dont l'éclat éclipsait celui des autres, et dont la dimension n'avait cessé de croître jusqu'à atteindre la grandeur de la lune. On y voyait un symbole du triomphe de la plus petite et la plus faible des nations, appelée à régner sur les peuples de la terre. Des prêtres affirmèrent également qu'ils avaient vu dans le ciel la bataille d'Armageddon et la victoire d'Israël.

Des phénomènes inexplicables se produisaient en tous lieux. Des vagabonds, qui allaient de ville en ville et d'une région à l'autre, rapportaient qu'une grêle de pierres s'était abattue en Bohême. Pendant une forte averse de pluie, en Turquie, un serpent gigantesque était descendu du ciel ; il avait englouti de nombreuses villes et tué beaucoup d'ennemis des Juifs. A Shebreshin, un porteur d'eau avait entendu une voix venue du ciel et, à Pulav, un poisson que l'on écaillait en l'honneur du dîner du shabbat s'était écrié : « Écoute, ô Israël ». D'autres avaient entendu une voix venue du mont Horeb qui criait : « Revenez à moi, ô mes enfants égarés ! » Un parasite qui avait beaucoup péché, entendant cette voix céleste qui s'adressait à lui, par trois fois, quitta sa femme et ses enfants ; et, après s'être attaché une toile de sac autour des reins, il partit pour l'exil. Dans chaque ville qu'il traversait, il allait s'étendre sur le seuil de la maison d'étude, et tous ceux qui entraient ou sortaient devaient l'enjamber et cracher sur lui, pendant qu'il confessait, en sanglotant, toutes ses mauvaises actions. On mettait l'accent sur le fait que, pendant ces périodes effroyables où les Juifs étaient persécutés, chassés de toutes les villes, le nombre des Chrétiens convertis au judaïsme augmentait dans tous les pays. Très souvent, les convertis s'étaient circoncis eux-mêmes secrètement et s'étaient imposé le joug des saints enseignements, en dépit de la punition sévère dont ils étaient menacés. Tout cela constituait autant de signes indubitables que la fin de la longue nuit noire de l'esclavage était proche et que le temps de la délivrance allait venir.

Mais, le plus souvent, les gens parlaient d'un sage et saint homme, nommé Sabbataï Zevi, dont on disait qu'il était celui qu'Israël avait attendu depuis dix-sept siècles, et qui lui serait révélé dans peu de temps. Quelques-uns voyaient en lui le premier Messie, fils de Joseph, destiné, suivant les indications des Livres saints, à être tué comme précurseur du vrai Messie ; d'autres soutenaient que le Messie, fils de Joseph, s'était déjà manifesté dans la personne d'un certain Reb Abraham Zalman, qui avait péri à Tishevitz, martyrisé pour la sanctification du nom de Dieu, et que Sabbataï Zevi serait donc le vrai Messie, le fils de David. Différentes rumeurs ciculaient à son sujet : pour les uns, il vivait dans un palais à Jérusalem ; pour d'autres, il se cachait avec ses disciples dans une profonde caverne ; d'autres encore prétendaient qu'il cheminait au grand jour, monté sur un cheval dont la selle était en soie, et précédé par cinquante messagers ; d'autres, enfin, qu'il jeûnait d'un shabbat à l'autre et qu'il infligeait à son corps les plus pénibles mortifications. Chaque émissaire rapportait une autre histoire. Un Français qui s'était aventuré jusqu'à Lublin, jurait que Sabbataï Zevi était aussi grand qu'un cèdre, qu'il était vêtu d'or, d'argent et de pierres précieuses et que l'éclat de sa face ne se pouvait contempler. Un exégète du Talmud, originaire d'une lointaine contrée, révélait que Sabbataï Zevi avait engagé une controverse avec les rabbins et que ceux-ci l'avaient excommunié comme blasphémateur. On avait également beaucoup à dire au sujet de Sarah, une jeune fille originaire de Pologne qui, après avoir échappé aux Cosaques, avait prophétisé qu'elle devait devenir la femme du Messie, — et qui avait effectivement épousé Sabbataï Zevi. Pendant que les uns la proclamaient chaste et pieuse, d'autres chuchotaient qu'elle avait été une prostituée.

Rabbi Benish connaissait ces rumeurs et ces racontars, mais il tenait compte du verset d'Amos : « C'est pourquoi l'homme prudent garde le silence en un tel moment », — et il gardait le silence. Aussi longtemps que Rabbi Benish vécut à Lublin, il prétendit ne rien entendre. Depuis quelques années déjà, il savait que les Juifs polonais s'engageaient sur la mauvaise voie. Ils voulaient trop savoir des choses qui auraient dû rester cachées ; ils s'abreuvaient trop peu à la source claire de l'enseignement sacré. L'étude de la Bible et de l'hébreu était méprisée. Les commentateurs anciens étaient rarement lus. Les jeunes gens, troublés par les déformations et par les subtilités du *pilpul*, cherchaient à résoudre mille questions par une seule réponse : ils dédaignaient l'enseignement véritable, considéré comme un jeu d'enfant. Des garçons de moins de vingt ans, trop jeunes encore pour comprendre, se penchaient déjà sur les ouvrages mystiques tels que « Le Trésor de Vie », « L'Ange Raziel », « Le Zohar », et les interprétations des mystères du « Char Divin », dans le Livre d'Ezéchiel. Des hommes quittaient leurs familles et se mettaient à parcourir le monde, pour purifier leurs âmes par l'exil ; des garçons de treize ans s'immergeaient eux-mêmes dans des bains froids. Il y avait trop d'ascètes au sein des communautés polonaises, trop de reclus, trop de fabricants d'amulettes et trop de faiseurs de miracles.

Comme il étudiait lui-même la philosophie et qu'il connaissait bien le « Guide des égarés », le « Cuzari » et « Les Devoirs du Cœur », et les « Principia », Rabbi Benish déplorait les ouvrages kabbalistiques de Rabbi Isaac Luria : à son avis, ils étaient contradictoires et impudiques. Avant 1648, tandis qu'il était encore chez lui, à Goray, Rabbi Benish avait veillé à ce que ce fléau (comme il l'appelait quelquefois en lui-même) ne s'étende pas. Il avait secrètement retiré les ouvrages kabbalistiques, à couvertures en bois, de la maison d'étude et les avait cachés dans sa propre maison. Il récitait lui-même les leçons, destinées aux grands élèves, pour être certain qu'ils en avaient bien compris le sens ; et il ne leur permettait pas de s'adonner aux vaines discussions du *pilpul*. Rabbi Benish leur recommandait de lire les Prophètes et les Écrits bibliques jusqu'à ce qu'ils les connussent par cœur ; il enseignait aux garçons la grammaire de l'hébreu, bien qu'un tel enseignement fût, en Pologne, considéré presque comme une apostasie. Si un rabbin plus jeune avait osé le faire, il aurait été chassé de la ville. Mais Rabbi Benish Ashkenazi était respecté. Les notables de Goray, — tous hommes d'une grande modération, et qui aimaient, en toutes choses, le bon sens et le juste milieu — se tenaient aux côtés de Rabbi Benish, dans cette lutte contre les fanatiques. Tout jeune homme qui prétendait s'isoler afin de se plonger dans l'étude des mystères était fouetté, ou bien se voyait interdire l'accès de la synagogue, aussi longtemps qu'il ne se présentait pas devant les fidèles en chaussettes, et en promettant de ne plus, à l'avenir, se séparer de la communauté. De temps en temps, des adeptes de la

Kabbale, des hommes qui pouvaient faire jaillir du vin des murs, guérir les malades et même ressusciter les morts, faisaient leur apparition à Goray. Mais Rabbi Benish ne les autorisait pas à séjourner longtemps. Ceux qui refusaient de quitter la ville de bon gré étaient contraints de le faire. Il y eut quelques protestations, et les ennemis de Rabbi Benish prétendirent qu'il ne croyait pas à la Kabbale. Une fois, des inconnus envoyèrent une lettre qui calomniait Rabbi Benish. Mais le rabbin demeura ferme dans ses façons d'agir et ne cessa pas de répéter : « Tant que je vivrai, l'idolâtrie ne s'installera pas à Goray ! »

Pour Rabbi Benish, les malheurs des années 1648 et 1649 étaient un châtiment infligé aux Juifs de Pologne parce qu'ils avaient été infidèles à la Loi ; il était certain qu'une fois les persécutions passées, ses compatriotes reprendraient le chemin tracé par leurs pères. Mais, maintenant, ces calamités appartenaient au passé ; constatant que ses espoirs ne se réalisaient nullement, le rabbin se replia sur lui-même et ne dit rien. En effet, il avait l'intuition que la Providence divine en décidait autrement ; et, comme il ignorait quelle était la volonté du ciel, il se soumit avec humilité. Chaque jour apportait des nouvelles, toujours inattendues, toujours différentes, souvent en contradiction avec celles de la veille. De plus en plus, les Juifs se divisaient en sectes. Même les grands rabbins ne pouvaient pas se mettre d'accord. Et cette époque de calamités et de catastrophes n'était guère propice à tenir des harangues devant les gens.

Rabbi Benish revint de Lublin à cette ville, perdue au milieu des collines, à demi dévastée, et coupée du reste du monde. Là, le vieil homme s'enferma comme à l'intérieur d'une arche, afin de supporter ces années mauvaises dans la solitude. En de rares occasions seulement, Rabbi Benish franchissait le seuil de sa maison. Il jetait un coup d'œil autour de lui et, s'adressant à un porteur qui passait ou à un écolier, il demandait :

« Comment cela finira-t-il ? »

« Quelle est la volonté de Dieu ? »

4

La vieille et la nouvelle Goray

Octobre 1666. La pluie n'avait pas cessé de tomber à torrents depuis une semaine, et chaque nuit, cette semaine-là, le vent avait soufflé si furieusement que l'on eût dit que sept sorcières s'étaient pendues elles-mêmes. Le déluge avait inondé les caves, décrépi les murs, éteint les feux dans les poêles. Dans les forêts, beaucoup d'arbres étaient déracinés. Le ruisseau rapide qui coulait près de Goray avait débordé dans les terres basses. Les ailes du moulin à vent avaient été arrachées ; la farine, de ce fait, était chère. A Goray, les rares habitants aisés, et qui avaient fait des provisions pendant les mois d'été, restaient enfermés chez eux, évitant les réunions du culte : ils ne voulaient pas voir la misère des pauvres ni entendre leurs plaintes. Ils dormaient sous des édredons bourrés de duvet, dégustaient du gruau d'avoine, fumaient du tabac, rêvaient du bon vieux temps et de la folle noblesse si prompte à la dépense. Par crainte des voleurs, ils n'allumaient pas de lampes la nuit ; à la moindre alerte, ils auraient enfoui leurs biens et leurs marchandises dans la terre et seraient partis. Sur les poêles des pauvres, les marmites étaient vides et froides. Les routes étaient dangereuses, et aucun chariot n'osait s'aventurer dans la ville. Rarement, on voyait s'approcher dans le lointain un paysan qui portait un petit sac sur son dos : il enfonçait dans la boue jusqu'au-dessus des genoux, puis avançait lourdement, de boutique en boutique, sans se décider à choisir celle où il vendrait sa poignée de seigle. Des femmes, chaussées de bottes d'hommes, la tête couverte d'un châle, se traînaient péniblement à sa rencontre, semblables à des vers de terre sortis de leur trou. Elles s'agrippaient à ses bras et marchandaient pendant des heures, jusqu'à ce que le froid bleuît leurs bouches édentées.

« Une bien mauvaise année pour vous, cher monsieur », minaudaient-elles par moquerie, moitié en yiddish, moitié en ukrainien. « Les plaies d'Égypte tombent sur votre tête ! »

Goray vivait dans l'inquiétude. Un messager qui était parti pour un village éloigné, le surlendemain de la Fête des Tabernacles, n'était pas revenu ; on disait que les paysans l'avaient assassiné pour les trente groschen qui lui restaient. C'est seulement par miracle qu'un jeune homme qui faisait la tournée des fermes pour acheter des denrées avait échappé à la mort : alors qu'il passait la nuit dans le grenier d'un paysan, il avait été réveillé par le bruit que faisait son hôte en aiguisant une hachette, dans une intention homicide. Les moins robustes dépérissaient de jour en jour ; l'un après l'autre, ils mouraient. Lors de chaque décès, Grunam, le bedeau, courait à travers la ville tôt le matin ; à la hâte, il frappait deux coups sur chaque contrevent avec son maillet de bois, signifiant par là qu'il fallait jeter l'eau dans la gouttière d'écoulement de la maison, afin de conjurer les esprits malfaisants (en les empêchant de voir leur reflet) ; il fallait aussi que la maisonnée se préparât pour la cérémonie des obsèques.

Rabbi Benish s'efforçait d'être auprès des pauvres dans les heures de détresse. Il publia une ordonnance aux termes de laquelle les riches devaient donner la dîme de leur pain et de leur gruau d'avoine, de leurs pois jaunes et de leurs haricots, de l'huile de lin et du bois de chauffage. Le mardi, deux habitants, dévoués au bien public, faisaient le tour de la ville, munis d'un sac pour la dîme. Mais la cherté de la vie avait rendu les gens ladres : ils cachaient leurs provisions. La viande n'aurait pas dû manquer puisque le veau était bon marché. Mais le vieux boucher rituel avait été tué, et aucun autre n'était venu s'installer à Goray. Quiconque voulait faire abattre une bête devait la conduire à plusieurs lieues de là.

La vieille ville juive de Goray était méconnaissable. Jadis, tout se passait d'une façon normale : les maîtres travaillaient côte à côte avec leurs apprentis ; les marchands faisaient du commerce ; les beaux-pères offraient le gîte et le couvert ; les gendres recevaient l'enseignement sacré ; les garçons allaient à l'école, et les maîtresses d'école venaient voir les filles chez elles. Reb Eleazar Babad et les sept doyens de la ville exerçaient un contrôle vigilant sur tout ce qui s'y passait. Ceux qui commettaient une faute étaient déférés en justice ; ceux qui ne se soumettaient pas aux arrêts du tribunal étaient fouettés ou exposés au pilori dans l'antichambre de la synagogue. Le jeudi et le vendredi, les nécessiteux allaient de maison en maison, portant des sacs de mendiants, et ils recueillaient de la nourriture pour le shabbat ; le jour même du shabbat, les femmes de bien collectaient pour eux, par toute la ville, du pain blanc et de la viande, du poisson et des fruits. Si un pauvre avait une fille âgée de plus de quinze ans et qui n'était pas encore mariée, la communauté, unissant ses efforts, lui constituait un trousseau et lui trouvait un mari, dans la personne d'un jeune homme orphelin ou d'un veuf d'un certain âge. L'argent que recevait le marié, le jour des noces, suffisait à faire vivre le couple pendant quelques mois. Après quoi, l'homme trouvait du travail, d'une manière ou d'une autre, ou il s'en allait dans la région, muni d'une attestation par laquelle la communauté certifiait qu'il était pauvre. Naturellement, toutes sortes de malheurs arrivaient. Parfois, l'homme et la femme se prenaient de querelle ; alors, pour demander le divorce, ils devaient se rendre à Yanov, car le ruisseau de Goray avait deux noms, et personne ne savait quel était celui qu'il fallait employer pour localiser Goray dans une requête en divorce, et suivant les formules exactes de la Loi (« *La ville de Goray, sise sur les rives du fleuve tel ou tel...* »). Ou bien, l'homme décidait de partir, abandonnant sa femme derrière lui ; ou bien il se noyait quelque part, dans un trou d'eau, du fond duquel on ne pourrait jamais retirer son cadavre. Dans ce cas, la veuve ne pouvait pas se remarier. Chaque année, avant la Pâque, une grande agitation s'emparait de Goray au sujet du blé pascal, dont la communauté donnait la concession à un notable — lequel, en fin de compte, était toujours accusé de mélanger la farine avec du son avant de la vendre. En bonne règle, il était maudit à la ronde et on ne lui donnait pas un an à vivre. Il n'empêche que, l'année suivante, on trouvait toujours quelqu'un d'autre pour trafiquer sur le blé de la Pâque. Chaque année, le jour de la fête de Simhath Torah, un conflit surgissait dans la maison de prière des tailleurs, pour décider qui d'entre eux aurait l'honneur de porter le premier le parchemin sacré de la Torah autour du lutrin. Ensuite, les membres de la confrérie funéraire s'enivraient au cours de la fête et cassaient les assiettes. Plusieurs fois par an survenait une épidémie ; et Mendel, le fossoyeur, s'en tirait en recourant aux bons offices de quelques extras. Mais n'est-ce pas ainsi, après tout, que va le monde ?... Les Juifs de Goray vivaient en bonne intelligence avec les Chrétiens des villages. Dans la ville même résidaient seulement quelques Chrétiens : un Chrétien pour le shabbat, qui accomplissait, ce jour-là, les tâches indispensables, interdites aux Juifs ; un garçon de bains et quelques autres, qui habitaient dans les rues latérales. Leurs maisons étaient entourées de hautes palissades en bois, afin que l'on pût ignorer leur présence.

Les jours qui précédaient les fêtes chrétiennes, quand de nombreux Gentils traversaient Goray pour se rendre à un sanctuaire, on voyait partout de jeunes garçons s'employer activement à vendre aux pèlerins des barils d'eau sucrée. Les foires de Goray étaient célèbres dans toute la région. Des paysans de tous les villages voisins y venaient, montés sur leurs chevaux. C'était un concert de hennissements, de meuglements et de bêlements. Des maquignons — des Juifs puissants, vêtus de lourdes vestes et coiffés de bonnets de mouton, été comme hiver — bondissaient pour maîtriser les chevaux qui ruaient. Ils vociféraient aussi grossièrement que n'importe quel paysan. Des bouchers aux mains sanglantes, et qui avaient passé à leur ceinture leurs couteaux bien affûtés, tiraient par les cornes des bœufs à qui l'on ne pouvait plus faire traîner la charrue. Ces jours-là, les coffres des marchands de grains étaient toujours remplis, et des souris grasses, au ventre blanc, y prenaient leur repas ; l'alcool du pays, dans les tavernes, était mélangé avec de l'eau, versée à pleins seaux. Pendant toute la foire, les enfants de Cham s'amusaient à leur manière. Ils dansaient avec leurs femmes, en martelant le sol avec leurs pieds, et sifflaient ou chantaient des chansons vulgaires. Les femmes poussaient des cris et se déhanchaient ; les hommes se défiaient en balançant leurs poings puissants. Et quelles marchandises les Juifs ne vendaient-ils pas ! Des châles, parsemés de fleurs, pour les femmes, ainsi que des foulards ; des œufs mollets, de longs pains blancs ; des chaussures d'enfants et des bottes pour patauger dans l'eau ; des épices et des noix ; des jougs en fer et des clous ; des cadeaux de mariage dorés et des vêtements de confection ; des « avertisseurs » à l'usage des veilleurs de nuit et des masques pour la veillée de Noël. Certes, à plusieurs reprises, Rabbi Benish avait interdit le commerce des images chrétiennes ; néanmoins, la vente des missels à couvertures et pages dorées, de cierges et même d'images de saints avec des auréoles autour de leurs têtes, continuait secrètement. En un coin de la foire se tenaient, à l'écart, les rares Chrétiens de Goray ; ils vendaient de la salade de betterave et de la graisse de porc blanche. Une fois, un jeune homme aux manières affectées passa devant eux et se boucha ostensiblement les narines, comme s'il avait senti quelque mauvaise odeur ; après quoi, il s'écria sur un ton de dépit : « Les *goïm* doivent certainement bien manger... vous pouvez le « sentir » d'une bonne lieue ! »

Vers le soir, ceux des paysans qui étaient sobres s'en allaient à cheval. Les ivrognes étaient jetés hors des tavernes, dans la boue, et leurs femmes en colère n'avaient plus qu'à les tirer par les oreilles jusqu'à la maison. La place du champ de foire était parsemée de crottin, et il en émanait une odeur rustique de fumier. Dans les demeures des Juifs on allumait des lampes à huile, des chandelles et des torches. Des femmes, portant de grands tabliers aux poches profondes, crachaient dans leurs mains pour conjurer le mauvais œil et comptaient fiévreusement la menue monnaie dont elles emplissaient des pots ; dans les maisons où l'on ne comptait pas d'argent, on estimait qu'un coup de chance pouvait bien arriver. Les Juifs de Goray avaient de grands besoins. Ils manquaient de tables, de logements pour les gendres et n'avaient rien à offrir aux nouveaux mariés ; il leur fallait des vêtements de satin et des vestes de velours pour les mariées, des bonnets de fourrure et des vestes de soie pour les hommes. Et ils voulaient avoir des cédrats pour la Fête des Tabernacles, du pain blanc azyme pour la Pâque, et de l'huile d'olive pour Hannukah. Les Juifs avaient besoin d'argent pour consentir des prêts aux seigneurs dépravés et pour réduire au silence d'éventuelles calomnies. Plus d'une fois il fallut envoyer un émissaire à Lublin. Et puis, il y avait les besoins de la communauté : la ville de Goray entretenait un rabbin et son adjoint, des bedeaux et des instituteurs, un boucher rituel et dix orphelins, ainsi que les employés des bains — un pour les hommes et un pour les femmes, — sans parler des pauvres ni des malades hospitalisés. Et que de fois Goray, cette ville perdue au bout du monde, avait dû envoyer de l'argent à d'autres communautés, victimes du pillage ou réduites en cendres !

Ces jours-là, Rabbi Benish régnait sur Goray, comme un roi. Les gens consultaient l'adjoint du rabbin pour les problèmes simples ; ils ne s'adressaient à Rabbi Benish qu'en cas de difficultés sérieuses, ou lorsqu'ils étaient en procès. Rabbi Benish remontait les manches de sa veste et formulait son avis en suivant la loi à la lettre, en ne tenant compte de personne. Plus d'une fois, la veille du shabbat, Grunam le bedeau devait aller frapper aux volets, de maison en maison, pour annoncer que le bain rituel était impur et que les hommes devaient se tenir à l'écart des femmes qui s'y étaient rendues dans la journée. Souvent Rabbi Benish découvrait trop tard qu'il avait déclaré un animal kasher, alors qu'il ne l'était pas. La moitié des ménagères de la ville devaient alors briser leurs récipients en terre, ébouillanter ceux qui étaient en fer et jeter la soupe et la viande pour les eaux grasses. La vie était facile et le judaïsme était tenu en grande estime, en ces temps-là.

Mais maintenant Goray connaissait de mauvais jours. Ses meilleurs habitants avaient péri. La plupart des hommes qui restaient étaient jeunes. Bien que le pays fût tranquille, la crainte de nouvelles épreuves tenaillait toujours les Juifs. Il y avait plus grave : en ces temps où l'unité était le plus nécessaire, chaque homme s'occupait de ses propres affaires et se refusait à prendre sa part de responsabilité à l'égard de la communauté. De temps en temps, Rabbi Benish organisait une réunion plénière, mais c'était pour voir seulement les habitants sommeiller ou bâiller en regardant les murs. Ils étaient d'accord sur tout, mais ne voulaient rien entreprendre. Il lui était presque impossible de trouver quelqu'un à qui parler. Rabbi Benish pensait bien à ses fils, mais il ne les avait jamais détestés autant qu'à présent. Ozer, cette tête de linotte, restait des journées entières dans la cuisine ; les cheveux en désordre et couvert de plumes, il jouait à Chèvre et Loup avec ses propres enfants, et querellait sa mère parce qu'elle ne lui préparait pas les plats qu'il aimait. Levi et sa femme, semblables à deux grandes araignées tissant une toile de malheur, se tenaient à part, sans contact avec les autres, retirés dans leur chambre, dont les rideaux étaient toujours tirés et la porte toujours fermée.

5

La femme et le messager rabbinique

La rumeur que la venue du Messie approchait parvint finalement jusqu'à Goray, cette ville nichée au milieu des collines, au bout du monde.

Une femme hautement respectable qui était partie depuis des années à la recherche de son mari (en même temps qu'elle recueillait des aumônes) attestait que, dans toutes les provinces de Pologne, les gens disaient que l'Exil touchait à sa fin. Les arbres commençaient à porter des fruits énormes en Terre

Sainte et, dans les eaux salées de la mer Morte, des poissons dorés étaient brusquement apparus. La femme allait de maison en maison. Son visage était ridé comme un chou pommé, mais ses yeux étaient jeunes et brillants. Les rubans de satin qui flottaient sur sa haute coiffe froufroutaient, ses longues boucles d'oreilles s'agitaient, ses lèvres, minces et serrées, laissaient échapper des promesses de salut et de consolation. Partout la femme dégustait les conserves que les ménagères diligentes avaient préparées pendant l'été ; avec son nez crochu, elle reniflait ; et, avec les plis de ses manches en soie, elle séchait les larmes qui coulaient, brillantes, le long de ses joues flétries et venaient luire parmi les ornements de son ample veste de satin. La femme faisait rêver de gâteau de miel et de jours de fête, de lointaines villes juives et de bonnes nouvelles. Elle bavardait à propos de la Terre d'Israël comme si elle venait à peine de la quitter ; elle racontait comment la Terre Sainte, après s'être rétrécie comme une peau de chagrin, s'étendait désormais chaque jour plus loin. Les mosquées étaient englouties dans la terre, les Turcs s'enfuyaient ou se convertissaient pendant qu'il était encore temps, car, plus tard, après la venue du Messie, les convertis ne seraient plus admis. Même en Pologne, les nobles se montraient favorables aux Juifs et les submergeaient de cadeaux : ils avaient déjà appris que les enfants d'Israël seraient bientôt exaltés au-dessus de tous les peuples. Les femmes, en foule, lui faisaient cortège en tous lieux, lui posant inlassablement question sur question : elle répondait par des phrases exprimées dans la langue sacrée, comme un homme. Des gens aisés lui offraient des pièces d'or, qu'elle rassemblait soigneusement dans son fichu, comme si elle collectait des offrandes pour des étrangers.

Quand Rabbi Benish entendit parler de la femme, il envoya le bedeau pour la prier de se présenter à lui : mais il était trop tard, car elle était déjà dans son traîneau, prête à partir. Les habitants de Goray l'avaient entourée de couvertures et de bottes de paille ; ils lui donnèrent des cruches de jus de cerise et des galettes du shabbat. Son nez recourbé, telle une corne de bélier, était rougi par le froid et par la crainte de Dieu, et elle répondit au bedeau : « Dites au rabbin, qu'avec la volonté de Dieu, nous nous retrouverons en Terre d'Israël... aux portes du Temple. »

Un voyageur qui passait par Goray chaque année, déjà avant 1648, répandit la nouvelle que les Juifs de Volhynie dansaient de joie dans les rues. Ils avaient cessé d'acheter des maisons et de coudre de lourds manteaux, puisqu'il ferait chaud sur la Terre d'Israël. De futurs conjoints ajournaient leur mariage, afin de pouvoir dresser le dais nuptial à Jérusalem. A Narol, les jeunes gens s'étaient mis à étudier le Talmud de Jérusalem plutôt que celui de Babylone, et un homme aisé, à Masel-Bozhitz, avait partagé ses biens entre les pauvres.

Un ascète, qui parcourait le monde à pied, s'abstenant de viande et de vin et dormant à la dure, racontait qu'un prophète nommé Reb Nehemiah-ha-Cohen était apparu en Pologne-Mineure. Il portait un manteau de crin à même la peau et, quand il prophétisait, il tombait la face contre terre, en poussant des cris qui avaient quelque chose de plus que des cris humains. Reb Nehemiah prédisait que les Juifs venus de tous les coins de la terre allaient bientôt se réunir et que les morts sortiraient de leurs tombes. Les plus grands rabbins et les hommes d'intelligence supérieure croyaient ce prophète et lui témoignaient leur estime.

Mais celui qui, à Goray, porta à son comble le trouble des esprits fut un Juif du Yémen.

C'était en plein hiver, au début d'une soirée de janvier. Toute la journée avait soufflé un vent qui accumulait la neige devant les maisons, une neige bleue, vitreuse, rendant l'air poudreux, comme la poussière dans un charnp. Les corbeaux sautillaient sur leurs pattes courtes, déchiquetaient de leurs becs crochus le cadavre d'un chat mort de froid, croassaient et volaient au ras du sol pour dégourdir leurs ailes. Peu de vitres étaient restées intactes dans leurs cadres ; le givre y avait dessiné des arbres qui semblaient avoir été renversés par la tempête avec leurs troncs brisés. Les toits s'inclinaient presque jusqu'au sol enneigé ; de chaque cheminée, s'élevait une spirale de fumée d'un blanc laiteux, qui semblait vouloir vriller le ciel. Les étoiles de Dieu tremblotaient, plus brillantes et plus grandes que d'habitude ; elles scintillaient, vertes et bleues, dans l'atmosphère. Cerclée d'un triple halo nacré qui irradiait toutes les couleurs de l'arc-en-ciel, une lune jaune, semblable à un œil, contemplait les Juifs qui se hâtaient pour leur prière vespérale. Soudain, on entendit, sur la place du marché, le tintement clair d'une clochette, et un traîneau apparut : un homme en descendit, dont on pouvait voir la barbe couverte de neige et les longues papillotes. Il portait un turban rouge et un manteau de fourrure qu'il avait retourné en sorte que la doublure fût à l'extérieur. Il jeta un regard de feu tout alentour et demanda : « Où se trouve la maison d'étude ? »

Le nouvel arrivant fit son apparition dans le lieu saint entre les prières de l'après-midi et celles du soir. Son arrivée fit sensation. Il s'arrêta sur le seuil, où il retira ses chaussures de feutre et se mit en chaussettes. Après, il ôta sa cape et découvrit une longue tunique, rayée de noir comme un châle de prière et que serrait autour de sa taille une cordelière brodée. Après qu'il se fut longuement lavé les mains et les pieds sous le robinet de cuivre, le nouvel arrivant récita les bénédictions, dans une langue qui semblait être de l'araméen. Alors, il se dirigea vers l'estrade, à pas mesurés ; il tourna son visage vers le mur de l'Est et s'écria d'une voix vibrante : « Juifs, je suis venu vous apporter une bonne nouvelle ! De Jérusalem, notre Cité Sainte ! »

Le bruit de son arrivée s'était immédiatement répandu dans la ville, et la foule accourut vers la maison d'étude. Le groupe des femmes se mêlait à celui des hommes ; les jeunes gens et les jeunes filles se tenaient debout sur les tables et les bancs de lecture ; chacun restait bouche bée et attentif. L'étranger parlait maintenant d'une voix brisée, comme chargée de larmes :

« Juifs, disait-il, je viens de notre Terre Sainte. Je suis un Sephardi de pure race. J'ai été envoyé par mes frères dans les pays de l'Exil pour vous annoncer que le Grand Poisson qui hantait les eaux du Nil a péri, des mains mêmes de Sabbataï Zevi, notre Messie et notre Saint Roi... Sa royauté sera bientôt révélée et il ôtera la couronne de la tête du Sultan...

« Les Juifs qui habitent l'autre rive du Sambation se tiennent prêts dans l'attente de la bataille d'Armageddon... Le lion qui vit là-haut va descendre du Ciel, tenant dans sa gueule un scorpion à sept têtes... Crachant le feu par les naseaux, il transportera le Messie dans Jérusalem. Rassemblez vos forces, ô Juifs, et tenez-vous prêts !... Heureux l'homme qui vivra pour voir cela !... »

La maison d'étude devint si calme que l'on pouvait entendre bourdonner une mouche solitaire, qui battait de ses ailes contre la vitre de la fenêtre. Les femmes se tordaient les mains, et, à voir leurs grimaces, il était difficile de dire si elles étaient en train de rire ou de pleurer. On eût dit une mer de visages figés. Un frisson parcourut la foule, comme au moment où la corne de bélier retentit, le jour de Rosh Hashana. Le messager parcourut du regard l'assistance.

« Des prodiges et des miracles se produisent à Jérusalem... On a vu, à Miron, une colonne de feu s'étendant depuis la terre jusqu'au ciel... Le nom complet de Dieu et celui de Sabbataï Zevi s'y trouvaient inscrits en lettres noires... Les femmes qui prédisent l'avenir par l'oracle des gouttes d'huile ont vu la couronne du roi David sur la tête de Sabbataï Zevi... Beaucoup d'incrédules le nient et refusent de se convertir, au seuil même de la Géhenne... Malheur à eux ! Ils vont sombrer et se perdre au plus profond des cercles du Shéol ! »

« Juifs ! Faites votre salut ! Jui-ifs ! » hurla soudain quelqu'un, comme s'il s'étranglait.

La foule frémit. C'était le boiteux Mordecaï Joseph, un kabbaliste, avec son épaisse barbe flamboyante, et ses sourcils en broussaille, un homme vif, irritable et geignard. Quand il priait, il se frappait la tête contre le mur ; les Jours Redoutables, il s'étendait sur le sol, pour la Prière de Demande, comme les hommes de l'ancien temps, et il gémissait bruyamment. Il récitait des litanies funèbres et, la veille de Yom Kippur, flagellait les hommes dans l'antichambre de la synagogue. Quand il s'emportait, il ne frappait pas seulement les jeunes, mais aussi bien les vieillards. Pour cette raison personne n'osait le contrarier. Mordecaï Joseph, bâti en force, était laid avec ses papillotes en désordre et ses yeux verts. Et maintenant, l'infirme s'essoufflait à grimper sur la table : ses proches voisins le soulevèrent pour lui permettre de se tenir debout. Reb Mordecaï Joseph frappa la table de sa béquille. Sa veste maculée s'ouvrit, ses papillotes hirsutes s'agitèrent sauvagement autour de sa tête, et tout d'abord l'exaltation le fit bégayer et haleter.

« Juifs, pourquoi restez-vous silencieux ? L'heure de la rédemption a sonné sur le monde !... Le salut est descendu sur le monde ! »

Il se frappait le front de sa main gauche ; soudain, il se mit à danser. Sa béquille heurtant la table faisait un roulement de tambour, son grand pied se balançait ; il suffoquait, criant toujours la même phrase, encore et encore — une phrase que personne n'était capable de comprendre.

Le messager tourna la tête et fixa son regard brillant sur Mordecaï. Les basques de la jaquette de Mordecaï Joseph battaient l'air, son gilet semblait flotter autour de lui ; il rejeta en arrière sa calotte fripée, et il leva les deux bras et ses doigts écartés tremblaient. Des femmes se mirent à hurler ; de toutes parts, des mains se tendirent vers lui. Mais soudain, Reb Mordecaï tomba de tout son long sur le sol ; toute la maison d'étude oscillait avec la foule et les murs suintants. Quelqu'un s'écria :

« Au secours ! Il s'est évanoui ! »

6

Reb Mordecaï Joseph

Rabbi Benish avait l'habitude de dire chez lui ses prières personnelles de l'après-midi et du soir. Dès qu'il apprit la nouvelle, il se précipita vers la synagogue. Mais il n'y trouva personne. Chacun était rentré hâtivement chez soi, après le sermon du messager, afin de commenter les nouvelles en famille. Quelques-uns escortèrent le messager jusqu'à l'auberge ; d'autres se rendirent à la maison de Reb Mordecaï Joseph. On dut le frictionner longtemps avec de la neige, le piquer avec des aiguilles et le pincer fort avant qu'il revînt à lui. On l'avait étendu sur le mauvais bat-flanc qui lui servait de lit, revêtu de tous ses vêtements ; penché en arrière, prenant appui sur ses coudes, il conta comment, tandis qu'il était en transes, Sabbataï Zevi était venu vers lui et s'était écrié :

« Mordecaï Joseph, fils de Chanina le Prêtre, ne reste pas plus longtemps résigné, alors que tu devrais offrir les sacrifices ! »

Les hommes et les femmes se bousculaient dans l'étroite chambre au sol en terre battue ; il n'y avait pas de chandelle, et la femme de Mordecaï Joseph entassa quelques brindilles sèches sur le trépied et les enflamma. La flamme crépita et siffla : des reflets rouges dansaient sur les murs badigeonnés à la chaux, et les chevrons semblaient s'abaisser de façon menaçante. Dans un coin, sur un grabat, était assise la fille unique de Mordecaï Joseph, un monstre hydrocéphale, aux yeux bovins. La barbe mouillée de Mordecaï Joseph reflétait l'éclat du charbon incandescent, semblable à de l'or fondu ; et ses yeux verts brillaient comme ceux d'un loup, pendant qu'il révélait les mystères qu'ils avaient vus. Il parlait avec la lenteur d'un mourant dictant à ses proches ses dernières volontés.

« Une grande lumière descendra sur le monde ! Des milliers et des milliers de fois plus vive que celle du soleil ! Elle aveuglera les yeux des coupables et des railleurs ! Seuls les élus échapperont ! »

Cette nuit-là, Rabbi Benish ne dormit pas.

Les volets étaient barricadés, et de grosses chandelles brûlaient dans le chandelier aux deux branches de bronze. Le vieil homme allait et venait d'un pas lourd, s'arrêtant de temps en temps pour dresser l'oreille, comme s'il écoutait un grattement dans les murs. Le vent rôdait sur le toit en gémissant. Le gel faisait craquer des branches, et l'air retentissait des longs hurlements des chiens. Il y avait un silence, puis ils recommençaient à hurler. Rabbi Benish prenait un livre après l'autre dans le coffre ; il examinait leurs titres, puis il parcourait les pages, recherchant les prophéties sur la venue du Messie. Son large front se plissait, car les passages étaient contradictoires. De temps en temps, Rabbi Benish s'asseyait à sa table et pressait une clef contre son front pour ne pas s'assoupir ; mais bientôt il se mettait à ronfler bruyamment. Alors il sursautait et levait la tête ; la clef avait imprimé un signe courbe entre ses yeux. Il allait et venait, se heurtant aux meubles dans les coins obscurs, et son ombre agrandie s'allongeait sur les chevrons, glissait sur les murs et s'agitait comme si elle était aux prises avec un fantôme. Bien que le poêle fût porté au rouge, une bise glaciale s'infiltrait dans la chambre. Au petit matin, quand Grunam, le bedeau, vint recharger le poêle, Rabbi Benish le regarda comme s'il eût été un étranger.

« Va me chercher le messager ! » ordonna-t-il enfin.

Le messager dormait encore à l'auberge et Grunam dut le réveiller. Il était tôt. et des étoiles brillaient encore dans le ciel. La neige sèche saupoudrait leurs visages. Rabbi Benish avait revêtu sa cape et il s'était avancé sur le seuil de sa maison pour recevoir le messager. Il releva le col de castor, croisa ses bras et fourra ses mains dans les manches. Il faisait un froid très vif et il se mit à tourner en rond et à battre la semelle pour se réchauffer. Quelque part derrière les collines de neige, aussi énormes que des dunes de sable, un homme apparaissait courbé sous le vent, puis disparaissait pour surgir de nouveau, tel un nageur entre les vagues. Rabbi Benish leva son regard vers le ciel que l'aube blanchissait. Puis il se recueillit en lui-même. Et il s'écria :

« Maître de l'Univers, aide-nous ! »

Jamais personne ne sut ce que dit Rabbi Benish ce matin-là, ni ce que le messager lui répondit. Mais une chose devint bientôt de notoriété publique : le messager avait quitté Goray discrètement, dans le même traîneau qui l'y avait conduit. L'après-midi touchait à sa fin quand la nouvelle de sa disparition se répandit. Grunam, le bedeau, en informait chacun, et son œil gauche lançait un regard entendu. Reb Mordecaï Joseph blêmit. Il comprit immédiatement quel était le responsable du départ du messager, et ses narines se dilatèrent sous l'effet de la colère.

« C'est la faute de Benish ! » brailla-t-il, et il

levait sa béquille de façon menaçante. « C'est Benish qui l'a chassé ! »

Depuis plusieurs années déjà, Reb Mordecaï Joseph était l'ennemi du rabbin. Il le haïssait à cause de son instruction ; il lui enviait sa renommée et ne manquait jamais une occasion de dire du mal de lui. Au cours du tumulte qui, chaque année, marquait la Pâque, il incitait les gens à casser les vitres de Rabbi Benish, et proclamait que le rabbin ne s'occupait que de sa propre réputation et qu'il se désintéressait de la ville. Ce qui vexait le plus Reb Mordecaï Joseph, c'était que Rabbi Benish interdisait l'étude de la Kabbale ; pour manifester sa défiance, Reb Mordecaï Joseph appelait le rabbin par son premier nom. Et maintenant Reb Mordecaï Joseph s'acharnait sur son lutrin et incitait à la controverse.

« Benish est un hérétique ! hurlait-il, un traître au Seigneur d'Israël ! »

Un vieux chef de famille, qui était l'un des disciples du rabbin, se précipita sur Mordecaï Joseph et le frappa par deux fois. Le sang coulait du nez de Mordecaï Joseph. Quelques jeunes gens bondirent et empoignèrent leurs ceintures. Le chantre martelait son estrade et leur ordonnait de ne pas interrompre les prières ; mais nul n'y prit garde. Des hommes qui portaient des phylactères noirs sur leurs têtes, les larges lanières enroulées autour de leurs bras, s'agitaient en tous sens et se bousculaient. Un homme de haute taille, au teint foncé, dont la tête atteignait presque le plafond, se mit à vaciller comme un arbre agité par le vent, et s'écria :

« Sacrilège ! Le sang a coulé dans la maison d'étude ! Malheur !

— Benish est un hérétique ! » rugit Mordecaï Joseph.

Penché sur sa béquille, il bondit en avant, à cloche-pied, dans une précipitation folle.

« Qu'il débarrasse la surface de la terre... sans laisser de traces ! »

Des gouttes de sang perlaient sur sa barbe rouge feu ; son front bas, jaune comme un parchemin, était creusé de rides. Reb Senderel de Zhilkov, un vieil adversaire du rabbin, hurla soudain :

« Rabbi Benish ne peut s'opposer au monde entier ! Il a toujours été un homme de peu de foi !

— Apostat ! s'écria quelqu'un dont il était difficile de dire s'il faisait allusion au rabbin ou à ses adversaires.

— Schismatique !

— Pécheur, incitateur au péché !

— Le monde est la proie des flammes ! » scandait Mordecaï Joseph avec ses poings. « Benish, le chien, renie le Messie !

— Sabbataï Zevi est un faux Messie ! » cria une voix claire.

Chacun regarda alentour. C'était Chanina, l'orphelin, un jeune homme divorcé et un étranger, installé à Goray pour étudier, et que la communauté faisait vivre. Il était l'un des élèves brillants de Rabbi Benish — grand, poussé trop vite, la vue basse, un long visage pâle, au menton semé de poils jaunes. Sa veste était toujours déboutonnée, et son gilet ouvert laissait entrevoir une maigre poitrine poilue. Maintenant, il était là, penché sur sa table de travail ; ses yeux de semi-aveugle brillaient, et il attendait, avec un sourire amusé, le premier qui viendrait discuter avec lui, afin de lui fournir la preuve de son instruction. Mordecaï Joseph, qui vouait à Chanina une rancune tenace à cause de tous les volumes du Talmud qu'il connaissait par cœur, et parce qu'il se mêlait toujours de ce qui ne le regardait pas, sauta tout d'un coup sur le jeune homme, avec cette agilité que les boiteux déploient quand ils s'emportent et oublient leur infirmité.

« Toi aussi ! hurla-t-il. Saisissez-le ! »

Plusieurs jeunes gens bondirent sur Chanina, agrippèrent sa chemise et commencèrent de l'entraîner. Chanina ouvrit la bouche, poussa des cris, essaya de leur échapper, et agita ses grands bras comme un homme qui se noie. Sa veste fut arrachée, la calotte, qui couvrait sa tête, tomba. Deux longues papillotes flottaient maintenant de part et d'autre de son crâne rasé. Il tenta encore de se défendre, mais les orphelins eurent vite fait d'immobiliser sa tête ; ils le frappaient de leurs faibles mains, tout en s'efforçant de le porter, comme s'ils pétrissaient de la pâte. Mordecaï Joseph lui-même aidait fièrement à porter Chanina par les jambes, lui crachait au visage et le pinçait méchamment. Bientôt Chanina se trouva étendu sur la table. Ils lui ôtèrent sa chemise et Mordecaï Joseph eut l'honneur du premier coup.

« Que cela lui arrive à ma place ! » s'écria-t-il, citant les paroles tirées du rituel pour le bouc émissaire de Yom Kippur. Il retroussa ses manches et porta un coup si violent à Chanina que le malheureux jeune homme éclata en sanglots comme un écolier, et se mit à gémir.

« Que cela lui arrive à ma place ! » cria Mordecaï Joseph avec un soupir, et de nouveau il frappa Chanina.

« A mort l'oiseau ! » reprit quelqu'un, et une grêle de coups s'abattit sur l'étudiant inerte. Chanina poussa un cri rauque et commença à suffoquer.

Quand ils l'enlevèrent de la table, son visage était

bleu et sa bouche serrée. Un garçon apporta rapidement un seau rempli d'eau et le versa sur Chanina, le mouillant de la tête aux pieds. Le jeune homme était secoué de mouvements spasmodiques, mais il restait étendu de tout son long sur le sol. Il se fit un silence épouvanté dans la maison d'étude. Une femme qui se trouvait dans la galerie des femmes se cramponna à la grille en sanglotant. Mordecaï Joseph recula en clopinant ; sa béquille martelait le sol et son visage, derrière la barbe broussailleuse, était blanc comme de la craie.

« Ainsi est extirpé le nom des méchants ! déclara-t-il. Maintenant, il faudra bien qu'il sache qu'un Dieu règne sur le monde ! »

7

Reb Eleazar Babad et sa fille, Rechele

Reb Eleazar Babad était rarement chez lui. Il avait pris l'habitude d'aller de village en village. Il revêtait son lourd manteau, garnissait de paille ses chaussures, puis un sac dans une main, un bâton dans l'autre, il partait, empruntant les sentiers et les passages écartés. Comme un mendiant, il chassait les chiens de son bâton et dormait la nuit dans les greniers à foin ou dans les granges des paysans.

Certains disaient que Reb Eleazar allait se faire payer des vieilles dettes d'avant 1648 ; d'autres étaient sûrs qu'il errait ainsi à cause des péchés qui pesaient sur sa conscience. Rechele, son unique fille, demeurait seule à la maison. Pendant des journées entières, elle restait assise sur un escabeau, devant l'âtre, à lire des livres qu'elle avait rapportés de villes lointaines ; on disait même qu'elle était versée dans la langue sacrée. D'autres allaient jusqu'à déclarer qu'elle avait appris le latin avec un médecin de Lublin. Les femmes de Goray avaient voulu se montrer aimables avec Rechele et lui avaient fait des visites de courtoisie. Mais elle ne leur avait pas répondu, comme c'est l'usage : « Dieu vous offre la bienvenue. » Elle ne s'était pas empressée de les faire asseoir, et elle avait soustrait à leur vue quelque chose qu'elle avait enfoui dans son corsage. De jeunes mères, coiffées du bonnet de soie, et dont le ventre gonflé s'entourait le plus souvent de tablier, venaient pour divertir Rechele, jouer aux dominos avec elle, ou bavarder à propos des mariages annoncés, comme font les jeunes femmes. Certaines apportaient des cassettes pleines de bijoux dont elles se paraient mutuellement ; d'autres avaient des pelotes de laine et des aiguilles à tricoter, et elles montraient leur habileté. Mais Rechele restait assise auprès de l'âtre ; elle ne se levait jamais pour les saluer et n'essuyait même pas les bancs pour leur permettre de s'asseoir. Elle confondait leurs noms, et se comportait de façon si hautaine que les femmes commençaient à rire et se moquer d'elle. Avant de partir, la dernière des visiteuses interpellait Rechele de l'autre côté de la porte : « Ne sois pas si hautaine et ne te crois pas si puissante, Rechele ! Ton père n'est plus riche ; tu es pauvre maintenant ! »

Rechele (que Dieu nous sauve !) était de complexion maladive, et il fallait beaucoup lui pardonner. La femme qui se rendait de maison en maison, le jeudi, pour pétrir la pâte en vue du shabbat, racontait que Rechele mangeait moins qu'une mouche ; elle avait ses règles tous les trois mois. Elle dormait tard le matin et barricadait sa porte, la nuit, avec des barres de bois. Un voisin qui habitait derrière la maison de briques de Reb Eleazar, dans un logis à moitié enfoncé dans la terre, chuchotait que Rechele n'allait jamais dans l'enclos pour se soulager...

Rechele était née à Goray en 1648, quelques semaines avant le massacre. Quand les *haidamaks* avaient assiégé Zamosć, sa mère avait fui avec l'enfant dans ses bras et, après toutes sortes d'épreuves, était arrivée à Lublin. L'enfant était âgée de cinq ans à la mort de sa mère, et Reb Eleazar s'était trouvé, à ce moment, à Vlodave, avec le reste de la maisonnée. Rechele était restée seule à Lublin, dans la maison d'un oncle, Reb Zeydel Ber, qui était un boucher rituel. C'était un homme de haute taille, avec d'épais sourcils au-dessus de ses yeux rouges, et une barbe noire qui lui descendait jusqu'à la poitrine — un veuf taciturne. Dans le local en planches qui se trouvait dans la cour et où il abattait les bêtes, il y avait toujours un baquet plein de sang ; alentour, des plumes voltigeaient constamment. En ce lieu, le jour était aussi sombre que la nuit quand brûle une petite lampe à huile. Des garçons bouchers, en vestes éclaboussées de sang, leurs ceintures garnies de couteaux, s'affairaient en braillant des grossièretés. Des poulets égorgés se traînaient sur la terre imbibée de sang, battant furieusement de leurs ailes entravées, comme pour s'envoler. Des veaux, dont les pattes étaient attachées par des liens de paille, la tête appuyée sur le cou d'un autre animal, martelaient le sol de leurs sabots fendus, jusqu'à ce que leurs yeux deviennent vitreux. Une fois, Rechele vit deux garçons bouchers barbouillés de sang écorcher un bouc et le laisser là, les yeux exorbités d'épouvante, avec ses dents blanches qui saillaient dans un rictus macabre.

Rechele était terrifiée par Reb Zeydel Ber. Il ne s'était jamais remarié et n'avait pas d'enfants. La maison était tenue par sa belle-mère, une femme de près de quatre-vingt-dix ans, sourde, au visage ridé et cireux, à la peau toute tavelée, avec, sur la tête, quelques touffes de cheveux jaunâtres. La vieille maison de pierre, où ils vivaient, avait des murs épais et des fenêtres étroites, presque à la hauteur du plafond voûté. Elle se trouvait quelque part en bordure de la ville, près du cimetière. L'entrée, basse et sombre comme celle d'une cave, s'ouvrait sur une impasse. La cour était creusée de trous et jonchée de toutes sortes de vieux chiffons, de plumes et de sacs pourris. Reb Zeydel occupait deux pièces, qui donnaient sur un vestibule étroit. Il dormait dans l'une des deux chambres, qui était meublée d'un grand lit à baldaquin tendu de draperies fanées en satin rouge, d'un banc de prière et d'une armoire à livres. Quand il ne travaillait pas dans son abattoir, il s'asseyait dans sa chambre sur un tabouret rond de cordonnier et aiguisait les lames verdâtres de ses couteaux sur une grande pierre lisse. Il en éprouvait le fil sur l'ongle de son index droit — qu'il laissait pousser long spécialement dans ce but — et il tendait sa grande oreille velue pour déceler, au son, un défaut dans la lame. D'autres fois, il marmottait sur un livre saint, ou bien, le front appuyé sur un poing, il s'assoupissait.

L'antichambre contenait les objets indispensables au ménage : un cuvier d'eau et un large baquet pour laver les pots et les plats, deux étagères, — l'une pour les produits laitiers, l'autre pour la viande — et un balai. La vieille femme faisait la cuisine sur un poêle bas, couvert de suie : elle était constamment occupée à manier des sortes de pelles et ne cessait pas de grommeler. Si jamais Rechele voulait sortir pour jouer, elle saisissait l'enfant dans ses mains osseuses, lui tirait les cheveux et lui disait d'une voix sifflante :

« Assise ! Petit monstre ! » Elle criait et pinçait Rechele au point de laisser sur sa peau des traces noires et bleues. « Pique ta crise ! Saute aussi haut qu'une maison ! Que la crise t'emporte ! »

Rechele était une enfant têtue et contrariante ; elle ne laissait pas Grand-Mère l'épouiller, et la vieille femme devait la frapper avec un morceau de bois. Dans le conduit qui amenait l'eau des ablutions, trempait toujours une baguette avec laquelle la vieille femme fouettait l'enfant, en punition de ses caprices. Chaque vendredi après-midi, la vieille femme forçait Rechele à tremper sa tête dans le baquet rempli d'eau chaude ; et Rechele criait jusqu'à s'en enrouer. Pour persuader Rechele de rester à la maison et de ne pas aller vagabonder, la vieille femme entreprit de terroriser l'enfant.

Elle persuada Rechele qu'il y avait, dans la cour, des tombes, autour desquelles des fantômes volaient sans relâche, cherchant des corps pour y habiter. Elle habillait Rechele d'un grand tablier, pour la protéger du mauvais sort et afin que nul esprit impur ne pût la posséder ; elle attachait autour du cou de Rechele un sac en toile qui contenait une dent de loup. Si jamais Grand-Mère sortait, elle fixait le loquet de la porte, au moyen d'une cheville extérieure. Une lumière parcimonieuse pénétrait par la petite fenêtre empoussiérée, près des chevrons ; une mèche trempée d'huile brûlait constamment dans une lampe de terre cuite. Des souris grattaient tout le temps dans la chambre à coucher étroite et encombrée, et puis il y avait d'autres petits bruits, comme si une main cherchait à tâtons dans l'obscurité. Il y avait une ouverture, en haut, au-dessus de l'âtre de l'antichambre. Quand de la fumée s'en échappait, on faisait venir un ramoneur qui grimpait péniblement et criait quelque chose à la vieille femme, en bas, pendant qu'il travaillait. Ses yeux paraissaient tout blancs, comme s'ils étaient révulsés ; sa face noircie grimaçait comme un diable. Grand-Mère se tenait en dessous et agitait ses maigres poings.

« Plus haut ! criait-elle d'une voix perçante. Plus haut ! Plus haut ! » Rechele se cachait sous le lit quand le ramoneur venait, et elle enfouissait sa tête sous une pile de vêtements. Elle avait peur du balai qu'il retirait d'un seau en fer ; les lourdes cordes couvertes de fumée qu'il déroulait la terrifiaient ; elle pâlissait quand elle entendait cet étrange bruit au-dessus du poêle. Souvent il y avait deux ramoneurs : le plus grand avait une moustache effilée comme des antennes d'insectes. L'un des ramoneurs grimpait dehors, sur le toit, et l'autre passait la tête par l'ouverture de l'âtre et criait quelque chose à l'adresse de son collègue, d'une voix caverneuse. Après leur départ, les traces noires de leurs pieds nus restaient sur le plancher. Le boucher venait dans la chambre, un couteau au coin de sa bouche. Sa veste, raide de sang et couverte de plumes, craquait quand il se courbait pour passer par la porte basse. Il grommelait : « Combien avez-vous donné à ces vauriens ?

— Un sou et une poignée de paillle », répondait la vieille femme, en allongeant son menton. — Pas une dent ne subsistait dans sa bouche rétrécie.

Terrifiante était la nuit, quand Rechele devait s'étendre sur le bat-flanc auprès de la vieille. L'oncle ronflait bruyamment dans la chambre à coucher ; il respirait difficilement, comme s'il étouffait, et gémissait dans son sommeil ; la vieille femme n'en finissait pas avec ses prières, et se tournait sans cesse d'un côté sur l'autre. Elle répandait une odeur de plumes brûlées et de souris. Quelquefois elle soulevait la chemise de l'enfant et laissait courir ses mains mortes sur le corps brûlant de la fillette, en ricanant de joie maligne :

« Au feu ! au feu ! la gamine est en train de brûler ! »

Tandis qu'elles étaient couchées sous l'édredon de plume, dans l'obscurité complète, la vieille femme racontait à Rechele des histoires de bêtes sauvages et de lutins ; de voleurs qui vivaient dans des grottes avec des sorcières ; d'ogres qui rôtissaient les enfants sur des broches ; et d'un monstre borgne et féroce qui, un sapin dans la main, traquait une princesse perdue. Quelquefois, dans son sommeil, Grand-Mère poussait des cris inarticulés et farouches. Les racines des cheveux de Rechele se dressaient d'épouvante et, tremblant de tous ses membres, elle réveillait la vieille femme en criant : « Grand-Mère ? Qu'est-ce que tu dis ? Grand-Mère ? » « Grand-Mère, j'ai peur ! »

8

Rechele à Lublin

Rechele avait douze ans quand la vieille femme mourut. Pendant trois jours elle resta couchée sur un bat-flanc dans l'antichambre, agonisante. Un fichu rouge entourait sa tête rapetissée, et son visage ridé était raidi comme celui d'un cadavre ; son menton saillait, et ses paupières étaient ouvertes sur le blanc de ses yeux révulsés. C'était pendant les Dix Jours de Pénitence, entre Rosh Hashana et Yom Kippur. Venant de l'abattoir et de la cour, le piaillement des volailles se mêlait aux voix des maîtresses de maison et des servantes. On venait rarement jeter un coup d'œil sur la mourante, car chacun était occupé. Reb Zeydel Ber, son gendre, tout barbouillé de sang, se ruait de temps à autre dans l'antichambre, la barbe en avant, les paupières rougies et luisantes sous les sourcils en broussaille. Tirant une plume d'oie qu'il gardait entre sa chemise et sa poitrine, il l'approchait des narines de la moribonde, pour voir si elle respirait encore ; il l'examinait attentivement et soupirait : « Ah, bon, cela n'en finit pas ! »

Oncle Reb Zeydel Ber se comportait en cela comme avant le grand jour sacré, alors qu'il tuait les coqs du sacrifice expiatoire en présence des femmes, impatientes et inutilement bavardes. De plus, la jeune Rechele avait brûlé les plats qu'elle avait cuisinés pour lui, parce qu'elle était fatiguée. Elle avait si peur qu'elle laissait la lampe brûler toute la nuit et restait jusqu'à l'aube assise sur le bat-flanc, enveloppée dans un châle. Le grillon derrière le poêle crissait avec plus d'insistance que jamais. De temps à autre, Oncle, de son alcôve, poussait des cris dans son sommeil, comme s'il discutait par intermittence avec quelqu'un. Rechele se rendait bien compte que la pièce était pleine de choses malignes. Les balais et les guipons s'animaient ; de grandes ombres se mouvaient sur les murs, comme des apparitions d'un autre monde. Par moments, la vieille femme relevait sa lèvre supérieure dans un sourire horrifiant. Elle retirait sa main cireuse d'en dessous l'édredon de plume, semblant agripper l'air ; alors elle serrait ses doigts comme si elle y avait saisi quelque chose. La vieille femme mourut au petit matin, la veille de Yom Kippur. Aussitôt, diligentes, les femmes de la confrérie funéraire arrivèrent ; de vastes tabliers entouraient leurs corps ; elles firent chauffer des marmites d'eau pour le rituel de la purification, et la pièce se remplit d'épaisses vapeurs, de chiffons mouillés et de paille. Une femme ouvrit l'armoire et en retira un assortiment de caleçons longs, qui avaient été cousus pour former un linceul ; une autre femme apporta dans la chambre un brancard tendu de noir. Rechele fut envoyée chez une lointaine parente de Reb Zeydel Ber. Les funérailles commencèrent tout de suite et Reb Zeydel récita la prière des Morts. Juste avant le coucher du soleil, l'Oncle envoya quelqu'un pour ramener Rechele à la maison. Le plancher mouillé avait déjà été essuyé et recouvert de sable. Trois chandelles brûlaient, à la mémoire de l'âme de Grand-Mère, dans une boîte remplie de sable. L'Oncle portait une chemise blanche, des chaussures de toile ; sa barbe noire était peignée et mouillée ; de chaque côté de sa tête, ses papillotes, aussi longues que des nattes, dégouttaient encore de l'eau du bain. Il ressemblait à l'un de ces Maîtres, sanctifiés par la crainte de Dieu, dont Rechele avait lu les mérites dans ses petits livres écrits en yiddish. Il posa les deux mains sur sa tête et dit d'une voix lugubre : « Que le Seigneur te rende comme Sarah, Rebecca, Rachel, Léah... Sois bénie et d'esprit pur, ô mon Enfant, et veille sur la maison... au nom de Dieu ! » Rechele ouvrit les lèvres pour répondre, mais l'Oncle poussa violemment la porte, et s'élança au-dehors, soufflant presque les chandelles. Rechele resta debout au milieu de la pièce ; elle regardait autour d'elle, frappée de stupeur, comme si elle se trouvait dans un lieu inconnu. Un morceau de ciel rouge sang remplissait l'étroite fenêtre, et au-dehors s'élevait une grande lamentation. Les rues étroites éclairées par le soleil couchant étaient à présent pleines d'hommes qui portaient les tuniques blanches de Yom Kippur ; ils ressemblaient à des cadavres dans des linceuls. Les femmes portaient des vêtements blancs à traînes et des écharpes de soie ; elles étaient parées de perles et de lourds colliers, d'épingles et de bracelets, de broches et de longues boucles d'oreilles, qui tremblaient comme de la gelée. Des veuves, ou des mères qui avaient récemment perdu des enfants, couraient, les bras tendus, comme des folles, répétant d'une voix rauque la même phrase, inlassablement. Des voisins qui se seraient coupé la gorge tout au long de l'année s'embrassaient et se tenaient en se balançant de-ci de-là, comme si rien ne pouvait plus les séparer... De jeunes mères de famille se promenaient orgueilleusement, tenant d'une main les livres de prières ornés de dorures, et de l'autre les traînes de leurs robes. Elles riaient, criaient et se sautaient au cou. Quatre jeunes filles portaient une douairière paralytique et presque centenaire sur une chaise tendue de rouge. Le vêtement doré de la vieille femme flamboyait dans le coucher du soleil, et son bonnet, très haut, piqué de perles et de pierres précieuses, étincelait, tandis que ses rubans de satin s'agitaient dans le vent. Un vieillard aveugle, dont la barbe blanche flottait au vent, s'appuyait sur ses béquilles, et, de ses mains bleues, il tâtonnait pour bénir tous ceux qui passaient. Dans la rue qui conduisait à la synagogue se dressaient des tables basses sur lesquelles on avait posé des coupes pour les aumônes. Les bossus, les sourds, les boiteux, assis sur des tabourets, comptaient les pièces d'argent ou la menue monnaie, dont les passants rachetaient leurs âmes en ce jour saint. Yerucham, le Pénitent de Lublin, se tenait debout, comme il en avait l'habitude chaque année, à la porte de la synagogue, pieds nus, en vêtements lâches. Il se tordait les mains, et pleurait sur ses péchés.

« Juifs, ayez pitié, Jui-ifs !... Pi-tié... Pi-tié !... » Mais ici, dans la rue isolée, derrière les murs épais, seul l'écho en parvenait jusqu'à Rechele. Debout, immobile, elle tendait l'oreille et écarquillait les yeux. C'était la première fois qu'elle était seule la veille de Yom Kippur. Autrefois, Grand-Mère avait invité des fillettes pour rester avec elle, et elles passaient la soirée à se natter les cheveux l'une l'autre et à voix basse en se serrant autour de la table. La nuit qui précède Yom Kippur est un moment épouvantable. Souvent, cette nuit-là, des seigneurs faisaient irruption dans les maisons juives et enlevaient les jeunes filles sans protection. Parfois, les chandelles s'inclinaient, et les enfants restés seuls dans la maison devaient se précipiter au-dehors pour trouver un Gentil qui voulût bien les redresser. Fréquents étaient les incendies dans lesquels de petits enfants trouvaient la mort. Chacun se rappelait la catastrophe dont la grande synagogue avait été le théâtre, lorsque quelqu'un avait crié que la ville était en feu ; dans la panique, beaucoup d'hommes et de femmes avaient été piétinés et écrasés. En outre, tout le monde savait bien que, pendant cette nuit, la plus sacrée de toutes, au moment où l'on chantait la prière de Kol Nidre, l'air se remplissait des spectres qui n'avaient pas trouvé le repos dans l'autre monde. Rechele et ses amies avaient vu une fois de leurs propres yeux un de ces spectres traverser la flamme de la chandelle, avant de disparaître dans le poêle... La mèche avait fumé et grésillé longtemps encore après qu'il eut disparu.

Maintenant Rechele était seule dans la maison pendant la nuit de Yom Kippur, alors qu'à peine quelques heures plus tôt un cadavre en avait été emporté.

Rechele aurait voulu sortir dans la rue et se mêler aux gens, mais elle avait peur d'ouvrir la porte qui donnait sur une sombre impasse. Elle ouvrait la bouche pour crier, mais le cri ne voulait pas sortir de sa gorge. Terrifiée, elle se jeta sur le bat-flanc, se pelotonna, ferma les yeux et se couvrit avec le châle. De quelque part, un faible bruit parvint à ses oreilles ; on eût dit qu'il montait de dessous la terre, et il sembla à Rechele que c'était le Kol Nidre. Alors l'idée lui vint que les morts étaient en train de chanter, et elle savait que quiconque entendait le Kol Nidre chanté par les morts mourait dans l'année.

Elle s'endormit, et, dans ses rêves, Grand-Mère s'approcha d'elle, vêtue de loques, échevelée et hagarde. Le fichu qui entourait sa tête était imbibé de sang. « Rechele ! Rechele ! » Elle hurlait et frottait le visage de la fillette avec une poignée de paille.

Rechele tremblait de tous ses membres. Elle s'éveilla, trempée de sueur ; quelque chose sonnait dans son oreille, puis elle sentit comme un coup de poignard dans sa poitrine. Elle ne put crier.

Lentement, la terreur s'apaisa. Elle entendit des pas dans la maison, des bribes de phrases. Les pots sur l'âtre et sur les étagères bougeaient et se tenaient suspendus dans l'air. La boîte à chandelles tournait en rond et dansait la gigue. Une lueur écarlate baignait les murs. Chaque objet se mouvait, éclatait, craquait, comme si la maison entière était en flammes... Tard dans la nuit, quand l'Oncle rentra à la maison, il trouva Rechele couchée les genoux serrés contre sa poitrine ; ses yeux étaient vitreux et elle claquait des dents. Reb Zeydel Ber poussa un hurlement et des gens arrivèrent en courant. Ils ouvrirent de force la bouche de l'enfant pour lui verser du vinaigre dans la gorge. Une femme, qui avait l'expérience de ces situations, égratigna le visage de Rechele avec ses ongles et lui arracha des touffes de cheveux. A la longue, Rechele commença à geindre ; mais, depuis ce soir-là, elle ne fut plus la même.

Au début, Rechele avait entièrement perdu l'usage de la parole. Plus tard, elle put de nouveau parler, mais elle fut sujette à toutes sortes de maladies. Reb Zeydel Ber souhaitait marier Rechele, parce qu'elle était belle et de bonne famille ; aussi prenait-il soin d'elle, comme si elle était sa propre fille. Il engagea une servante pour veiller sur elle, et il eut recours à maints remèdes ou sortilèges. Une femme fut amenée pour chasser le mauvais esprit par ses incantations ; une autre lava son corps avec de l'urine ; une autre encore appliqua des sangsues. Mais Rechele restait couchée, inerte sur son lit. Pour lui faire oublier son mal, Reb Zeydel Ber lui apportait des livres et allait même jusqu'à l'instruire dans la Torah. Quelquefois le médecin polonais qui soignait Rechele lisait avec elle dans un livre latin. Finalement, la santé de Rechele s'améliora et elle put de nouveau se lever ; mais sa jambe gauche resta paralysée, et elle boitait. Vers cette époque, Reb Zeydel Ber mourut, et Rechele retourna auprès de son père, Reb Eleazar Babad qui, entre-temps, avait perdu sa femme et son fils.

Dès lors Rechele devint un être à part. Elle était affligée de maux mystérieux. Les uns disaient que c'était le haut mal ; d'autres, qu'elle était possédée par des démons. A Goray, Reb Eleazar la laissait complètement livrée à elle-même ; il revenait rarement de ses tournées dans les villages pour la voir. Quand les gens lui parlaient de sa pauvre fille orpheline, il penchait sa tête, et répondait avec confusion :

« Eh bien ! Laissez faire ! La raison, l'intelligence, et les conseils ne peuvent rien contre la volonté du Seigneur ! »

9

Reb Itche Mates, le colporteur

Un colporteur arriva à Goray avec un sac plein de livres saints et de franges rituelles, de phylactères et de bonnets pour les femmes enceintes, d'amulettes de forme ovale, en os, pour les enfants, de mezuzoth et de gartels. Les colporteurs sont connus pour être irascibles, et ils ne supportent pas que l'on touche à leur marchandise si l'on n'a pas l'intention d'acheter. Doucement, l'un après l'autre, les jeunes gens s'approchèrent du colporteur, jetèrent un regard curieux sur le lot de marchandises qu'il exposait sur la table, puis laissèrent courir leurs doigts le long des livres et tournèrent les feuilles précautionneusement et en silence, pour ne pas provoquer sa colère. Mais apparemment celui-ci était un colporteur courtois. Il se croisait les bras et permettait aux garçons de fouiller dans les livres, en toute liberté. Un colporteur vient du bout du monde et, d'ordinaire, il apporte toutes sortes de nouvelles. Des gens s'approchaient timidement de lui, et demandaient :

« Comment vous appelle-ton, étranger ?

— Itche Mates.

— Bon, Reb Itche Mates, qu'est-ce qui se passe dans le monde ?

— Dieu soit loué !

— Est-ce qu'on parle du salut des Juifs ?

— Certainement, partout, Dieu soit loué !

— Peut-être apportez-vous des lettres et des brochures, Reb Itche Mates ? »

Reb Itche Mates ne répondait rien, comme s'il n'avait pas entendu ; les autres comprenaient soudain qu'il y avait là des sujets sur lesquels on ne pouvait discuter ouvertement. Alors, ils murmuraient :

« Restez-vous ici quelque temps, Reb Itche Mates ? »

C'était un homme trapu, avec une courte barbe couleur de paille et qui semblait avoir dans les quarante ans. Son chapeau, auquel manquaient de larges morceaux de fourrure, était en piteux état ; il le portait rabattu sur ses yeux froids et larmoyants ; son nez mince était rougi par le rhume. Son long manteau rapiécé tombait jusqu'au sol. Un foulard rouge entourait ses reins. Les jeunes gens fouillaient dans ses livres, déchiraient les pages non coupées et commettaient toutes sortes de dégâts ; mais le colporteur ne leur adressait pas de reproches. Des garçons espiègles jouaient avec les franges rituelles et essayaient les calottes dorées. Ils fouillèrent même au plus profond du sac du colporteur et y découvrirent un rouleau du Livre d'Esther, logé dans un tube en bois, une corne de bélier, et un sachet contenant de la terre d'un blanc crayeux et qui provenait du Pays d'Israël. Rares étaient les acheteurs, mais tout le monde manipulait la marchandise et semblait se donner le mot pour exaspérer le colporteur. Celui-ci restait immobile, devant son étalage. Quand ils récitaient le Saint, Saint, Saint, ses moustaches d'un jaune paille frémissaient presque imperceptiblement. Quand on lui demandait le prix d'un article, il portait sa main à son oreille, comme s'il entendait mal, évitant ainsi, pendant un certain temps, le visage de son interlocuteur.

« Qu'est-ce que cela peut faire ? disait-il enfin, d'une voix basse et rauque. Donnez-moi ce que vous pouvez. » Et il tendait une boîte à monnaie en étain, comme s'il n'était pas réellement un colporteur : on eût dit qu'il quêtait de l'argent pour quelque cause sacrée.

Levi, le fils du rabbin, l'invita pour le souper ; en effet, en raison de sa brouille avec son père, Levi apportait tacitement son appui à la secte de Sabbataï Zevi. Les membres du groupe des invités se trouvèrent tous rassemblés : apparemment, tous les kabbalistes se rendaient vaguement compte que le colporteur avait quelque chose d'intéressant à raconter. Reb Mordecaï Joseph, l'adversaire de Rabbi Benish, était de leur nombre. Nechele, la femme de Levi, ferma les volets et boucha le trou de la serrure pour empêcher les enfants d'Ozer d'espionner suivant leur habitude. Tout le monde prit place autour de la table. Nechele offrit des galettes d'oignons et apporta des boissons. Reb Itche Mates prit seulement un morceau de pain, qu'il avala en entier, tout en priant les autres de se régaler à satiété et de boire copieusement. Comprenant soudain que Reb Itche Mates était l'un des élus, ils firent comme il leur demandait. Leurs fronts devenaient moites et, dans leurs yeux, brillait l'espoir de la grande époque à venir. Reb Itche Mates déboutonna sa jaquette et retira d'une poche intérieure une lettre écrite sur du parchemin, en araméen ; l'écriture était élégante, et chaque lettre était enluminée comme sur un rouleau de la Torah. Les auteurs de la lettre étaient Abraham Havchimi et Samuel Primo, qui résidaient en Terre d'Israël. Des centaines de rabbins avaient apposé leurs signatures sur cette lettre ; la plupart étaient des sephardim, dont les noms exotiques rappelaient les maîtres talmudiques. Il se fit un si profond silence que les garçons d'Ozer, dissimulés derrière la porte, n'entendirent pas même un chuchotement. La mèche, dans la lampe, crépitait et grésillait ; de grandes ombres tremblaient sur les murs ; elles avançaient, reculaient, puis disparaissaient. Nechele, née de parents riches, se tenait à côté du poêle, dans lequel elle faisait brûler du bois. Ses joues maigres étaient brûlantes ; elle jetait un regard oblique sur les hommes, dont elle ne perdait pas une seule parole.

Reb Itche Mates, tout en restant assis, se penchait en avant et parlait presque en chuchotant ; il révélait mystère sur mystère : seules quelques rares étincelles sacrées brûlaient à l'intérieur des enveloppes charnelles des vivants. Les puissances des ténèbres s'y attachaient fortement, sachant que leur existence en dépendait. Sabbataï Zevi, l'allié de Dieu, engageait le combat contre ces puissances ; c'était lui qui ramenait les étincelles sacrées à leur source primitive. Le royaume divin serait révélé quand la dernière étincelle serait retournée d'où elle était venue. A ce moment-là les cérémonies rituelles n'auraient plus de raison d'être : les corps deviendraient de purs esprits. De nouvelles âmes descendraient du Monde de l'Émanation et d'en dessous du Trône de Gloire. Il n'y aurait plus lieu de manger ni de boire. Au lieu d'être féconds et de se multiplier, les êtres s'uniraient suivant des combinaisons de lettres sacrées. On n'étudierait plus le Talmud ; de la Bible seule subsisterait l'essence secrète. Chaque jour durerait un an, et le rayonnement de l'Esprit saint remplirait tout l'espace. Cherubim et Ophanim chanteraient les louanges du Tout-Puissant et Lui-Même instruirait les justes. Leur béatitude serait sans bornes.

Le discours de Reb Itche Mates abondait en homélies et en paraboles inspirées de la Torah et du Midrash. Il connaissait parfaitement les noms des anges et des séraphins, et il citait des passages entiers du Livre de la Migration des Ames et de Raziel ; tous les palais du ciel lui étaient connus, comme chaque détail de la hiérarchie suprême. On ne pouvait douter qu'il fût un saint parmi les saints, assurément l'un des élus. On décida de garder le secret et que Itche Mates passerait la nuit dans la maison de Reb Gobel Chasid, qui se trouvait en face. Le matin, ils verraient ce qu'il y avait à faire. Reb Gobel Chasid prit le colporteur par la main et le conduisit vers sa maison. Il lui offrit son propre lit, mais Reb Itche Mates préféra dormir sur la banquette près du poêle. Reb Gobel Chasid donna à son hôte une couverture en peau de mouton et un coussin, puis il se retira dans l'alcôve qui lui servait de chambre à coucher. Mais il ne put trouver le sommeil. Tout au cours de la nuit, une sorte de bourdonnement d'abeille venait de derrière le poêle. Reb Itche Mates était absorbé dans la lecture de la Torah, et, bien qu'il n'y eût pas de fenêtre dans la pièce, il était inondé de lumière, comme si la lune brillait sur lui. Avant l'aube, Reb Itche Mates se leva, versa de l'eau sur ses mains et chercha à s'en aller, sans éveiller l'attention, pour gagner la maison d'étude. Mais Reb Gobel Chasid ne s'était pas déshabillé. Il prit Reb Itche Mates par le bras et chuchota confidentiellement :

« J'ai tout vu, Reb Itche Mates.

— Mais, qu'y avait-il donc à voir ? murmura Reb Itche Mates, en courbant la tête. Le silence convient au sage. »

Dans la maison d'étude, Reb Itche Mates déballa ses marchandises et de nouveau attendit les acheteurs. Après les prières du matin, il laissa son sac dans un coin et alla de maison en maison, à travers Goray, examinant les mezuzoth, comme font les colporteurs, qui en général sont aussi des scribes. S'il venait à trouver une erreur sur une mezuzah, il la corrigeait sur-le-champ avec une plume d'oie ; la femme lui donnait alors une pièce, et il partait plus loin.

Il en fut ainsi jusqu'à ce qu'il arrivât à la maison de Rechele. Sur le chambranle de la porte de Rechele, il y avait une vieille mezuzah, couverte d'une moisissure blanche. Reb Itche Mates tira des pinces de sa poche, arracha les clous qui fixaient le panneau au linteau, enroula le parchemin, puis alla vers la fenêtre pour prendre le jour et pour voir si quelque lettre n'était pas barbouillée d'encre. Il lui parut évident que le mot Dieu avait été complètement effacé et que la couronne de droite manquait sur la lettre « S » du nom de Shaddaï. Ses mains se mirent à trembler, et il demanda d'un ton sévère :

« Qui habite ici ?

— C'est mon père, Reb Eleazar Babad, répondit Rechele.

— Reb Eleazar Babad, dit Reb Itche Mates, et il se frotta le front comme s'il cherchait à se rappeler quelque chose. N'est-il pas le chef de la communauté ?

— Plus maintenant, dit Rechele. A présent, il est chiffonnier. »

Et elle se mit à rire aux éclats.

Qu'une jeune fille juive se permît de rire aussi effrontément était quelque chose de nouveau pour Reb Itche Mates : il la regarda obliquement, de ses yeux très écartés, sans sourcils et d'un vert inexpressif, tels ceux d'un poisson. Les longues nattes de Rechele étaient défaites, semblables à celles d'une sorcière, mêlées de plumes et de fétus de paille, une de ses joues congestionnée comme si elle avait dormi sur le côté, tandis que l'autre était blanche. Elle était pieds nus et portait une robe rouge déchirée, à travers laquelle on pouvait voir son corps. Dans sa main gauche elle tenait un pot de terre, dans la droite une balayette de paille, souillée de cendre. Sous les cheveux en désordre, deux yeux fous jetaient vers lui un regard souriant et comme égaré. Itche Mates eut le sentiment qu'ici il y avait plus à faire que de jeter un coup d'œil.

« Êtes-vous mariée, ou encore jeune fille ?

— Jeune fille, répondit Rechele effrontément. Comme la fille de Jepthé, une victime offerte à Dieu ! »

La mezuzah tomba de la main de Reb Itche Mates. Jamais dans toute sa vie, jamais depuis que, pour la première fois, il put tenir debout sur ses pieds, il n'avait entendu parler ainsi. Il en avait la chair de poule, comme s'il avait été effleuré par des doigts glacés. Il voulait fuir au plus vite un tel sacrilège ; mais alors il lui vint à l'esprit que ce ne serait pas juste. Donc il s'assit sur une caisse et prit une règle et une bouteille d'encre. Il tailla sa plume d'oie avec un morceau de verre, la trempa dans l'encre, et l'essuya de nouveau sur sa calotte.

« Ce ne sont pas là des choses à dire, fit-il à Rechele, après quelque hésitation. Le Nom Béni n'exige pas de sacrifices humains. Une fille juive devrait avoir un mari et respecter la Loi.

— Personne ne veut de moi ! » répondit Rechele.

En clopinant, elle se rapprocha de lui, si près que l'odeur féminine de son corps le saisit.

« A moins que Satan ne veuille de moi ! »

Elle éclata d'un rire strident, qui la fit aussitôt

suffoquer. De grosses larmes brillantes tombaient de ses yeux. Le pot lui glissa des mains et se brisa en morceaux. Reb Itche Mates allait répliquer, mais sa langue était devenue lourde et sèche. Le buffet, les murs, le plancher vacillaient. Il commença à écrire, mais ses doigts tremblaient et une goutte d'encre fit une tache sur le parchemin. Ainsi Reb Itche Mates baissait-il la tête, le front plissé, quand il eut la soudaine révélation du secret. Pendant un moment il examina ses ongles pâles, et puis il murmura pour lui-même :

« Cela vient du Ciel. »

10

Reb Itche Mates adresse à Rechele une demande en mariage

Peu après, Reb Itche Mates, le kabbaliste, envoya des messagers chez Rechele, en les priant de lui parler dans ces termes :

Le prétendant est veuf ; il ne possède aucun bien. Toute sa fortune consiste dans une veste de coton, qu'il porte aussi bien le jour du shabbat que les jours de semaine ; il possède encore des franges rituelles, des pantalons en toile et un châle de prière, avec deux paires de phylactères. Mais le Créateur est miséricordieux et Il nourrit toutes Ses créatures, depuis la belette jusqu'aux œufs du pou. Quarante jours avant la naissance de Rechele il fut écrit dans le Ciel que cette graine, la fille de Reb Eleazar, était destinée à appartenir à Itche Mates. Que dire de plus ? Si Rechele accepte, les fiançailles auront lieu immédiatement ; avec la volonté de Dieu, le marié donnera les cadeaux de mariage sur la Terre d'Israël.

Les messagers vinrent trouver Rechele : Reb Mordecaï Joseph, le kabbaliste, Levi, le fils du rabbin, accompagné de sa femme, Nechele. Reb Mordecaï Joseph, à son habitude, frappa de sa béquille le plancher ; puis il rappela à Rechele que Reb Itche Mates était un saint homme qui jeûnait d'un shabbat à l'autre, et que ce serait un honneur pour elle de le prendre pour époux, tandis que la ville où il s'installerait serait à l'abri du malheur. Levi, le fils du rabbin, mordait sa lèvre inférieure et fixait son regard sur le visage de la jeune fille. Nechele renvoya les hommes et entreprit de présenter les choses, comme quelqu'un qui a l'expérience des femmes. Ses épaules étaient couvertes d'un châle turc ; elle portait un fichu de soie sur la tête, comme si c'était le jour du shabbat, et deux grandes boucles d'oreilles pendaient à ses oreilles. Suivant la coutume chez les filles de bonne famille, ses oreilles avaient été percées à plusieurs reprises. Pleine de suffisance, elle s'assit sur le banc qui servait à préparer les plats de viande, posa ses pieds sur un tabouret bas et fit signe à la jeune fille de s'asseoir en face d'elle, sur le banc où l'on prépare les plats de laitages. Après s'être mouchée bruyamment et avoir essuyé ses doigts sur la traîne volumineuse de sa robe, elle parla ainsi :

« Ne prends pas tes grands airs, Rechele, car ton père est un homme pauvre et t'a laissée à la charge de Dieu. D'autre part, tu n'es pas normale (Dieu nous pardonne !). Les gens en parlent déjà et tu finiras dans le déshonneur. Maintenant que tu as quelqu'un qui veut de toi, laisse-toi couvrir la tête et prends-le. Et si, un jour, il vient à ne plus te plaire, tu pourras toujours demander le divorce. »

Alors, Rechele, qui passait pour une simple d'esprit, couvrit son visage de ses mains délicates, baissa la tête et se mit à pleurer doucement, en gémissant sur son destin ; et elle versait des larmes comme si elle était en possession de tous ses esprits. Ses longs cheveux touchaient presque le plancher, ses épaules de jeune fille frissonnaient. Plus Nechele parlait, plus Rechele sanglotait. Ses seins palpitaient et elle ne pouvait prononcer un mot. Elle était toujours en train de gémir, quand Nechele, qui était habituée aussi bien aux hurlements de femmes en couches qu'aux cris de désespoir lancés par les jeunes veuves, se leva et s'en alla. Un léger sourire se dessinait autour de ses lèvres, quand plus tard elle dit aux hommes : « Eh bien, elle n'est pas folle du tout ! Faites revenir Reb Eleazar chez lui et vous verrez qu'elle ne tardera pas à porter la coiffe des mariées. »

Les amis de Reb Itche Mates réunirent quelques pièces de monnaie et envoyèrent un messager dans les villages, pour retrouver Reb Eleazar et le ramener. Le messager était parti depuis plusieurs jours, et l'on n'avait toujours aucune nouvelle d'eux. Les gens chuchotaient craintivement que tous les deux, Reb Eleazar et le messager, avaient été tués dans le village de Kotzitza, où vivait un magicien qui, dans ce hameau, à ce que l'on disait, réduisait des têtes humaines. Entre-temps, Reb Itche Mates attendait dans une pièce sombre de la maison de Reb Gobel Chasid. Toute la journée, il resta penché sur l'appendice du Zohar et sur les combinaisons numériques des noms de Yaveh. Il attendit jusqu'à la nuit et que tous se furent endormis. Alors il quitta furtivement la maison de Reb Gobel Chasid et se rendit au bain rituel, situé entre l'hôpital et le vieux cimetière. En face de la porte de l'hôpital la table de purification semblait être dans l'attente d'un nouveau cadavre. Sous le clair de lune, les pierres tombales, à moitié ensevelies, évoquaient d'énormes champignons vénéneux. Avant de s'avancer dans le bâtiment qui abritait le bain, Reb Itche Mates alluma un morceau de bois résineux et le brandit comme une torche. Les murs étaient noirs de suie. Des chats bondissaient d'un banc sur l'autre, se poursuivant sans bruit, avec des yeux de feu. Les pierres calcinées étaient dispersées, refroïdies, près du foyer. Reb Itche Mates ôta ses vêtements. Son corps était couvert d'une épaisse toison jaune. Il portait des traces d'égratignures, causées par les chardons et les épines avec lesquels il s'était infligé des mortifications. Silencieusement, il descendit dans le bain, en empruntant le tortueux escalier de pierre ; il glissa dans l'eau, sans bruit, s'y plongea sans faire d'éclaboussures et disparut pendant quelques minutes. Lentement et prudemment, tel un animal aquatique, il leva sa tête trempée. Soixante-douze fois il s'immergea encore, conformément à la signification numérique des lettres Ayin et Beth. Quand il eut terminé, il s'habilla, puis s'en alla réciter les prières de minuit.

Jusqu'à l'aube, Reb Itche Mates ne resta pas un instant en repos dans la pièce que Reb Gobel Chasid avait mise à sa disposition. Pour ne pas indisposer la maîtresse de maison, il n'alluma pas la mèche dans la lampe à huile. Répandant des cendres sur sa tête, il marchait à grands pas dans l'obscurité, d'un mur à l'autre ; il chantait des psaumes de lamentation sur la destruction du Temple Sacré ; et il priait le Saint — béni soit-il ! — de ramener la Présence Divine qui fut chassée dans l'Exil en même temps qu'Israël. Entre les prières il restait silencieux, comme attentif à des choses ayant lieu dans d'autres mondes et que ses oreilles seules pouvaient discerner. Dehors le vent soufflait ; il secouait les volets et apportait avec les cris déchirants d'un enfant les accents d'une berceuse que chantait sa mère. Reb Gobel Chasid sortit soudain de son sommeil, réveilla sa femme et dit : « Rechele est grandement honorée. Reb Itche Mates est un saint homme. Elle doit être juste, elle aussi. »

Après plus de huit jours d'attente, on était toujours sans nouvelles de Reb Eleazar et du messager. A chaque paysan qui venait à Goray, on posait les mêmes questions :

« Avez-vous appris quelque chose, Ivan, sur Reb Eleazar, le propriétaire de la maison en briques ? Ou alors, vous avez peut-être rencontré Leib Banach, celui qui achetait si souvent des queues de cheval ? »

Mais invariablement le paysan rejetait son bonnet de fourrure en arrière, découvrant ses cheveux ébouriffés ; il se frottait le front, regardait au loin, comme dans sa mémoire, clignait des yeux et protestait : « Je n'ai rien vu, ni rien appris. »

Et il partait à grands pas dans la boue épaisse.

Ainsi Goray comptait une femme abandonnée de plus et une nouvelle orpheline. Du haut des toits, les corbeaux croassaient les mauvaises nouvelles ; Reb Itche Mates était le seul à ne pas être informé, car les nouvelles l'auraient certainement affligé. La femme de Leib Banach, le messager, prit le deuil pendant sept jours. Rechele ne cessait pas de gémir et de pleurer, et les braves femmes de la ville s'efforçaient de la réconforter. Elles lui préparaient des friandises dans de petits pots, transformaient de vieux vêtements pour qu'elle s'en vêtît, et venaient la consoler et chasser les mauvais esprits en bavardant. Chinkele la Pieuse passait la nuit avec Rechele pour empêcher les démons de venir la posséder.

Rechele était malade. Elle goûtait à peine aux friandises qu'on lui apportait, et ses règles n'apparaissaient pas. Heure après heure, elle tournait sans but dans la maison comme dans une cage et inspectait chaque fente et chaque fissure. Quelquefois, sans aucune raison, des larmes coulaient de ses yeux, comme d'un arbre après la pluie. A d'autres moments, elle riait aux éclats, si bruyamment que l'écho en retentissait à travers tous les couloirs et alcôves de la maison vide. Le soir, avant d'aller dormir, elle masquait la fenêtre de sa chambre avec toutes sortes de vieux vêtements, par crainte du clair de lune. Mais la clarté de la nuit filtrait à travers les fentes, illuminant les murs délabrés où elle dessinait de longues traînées de perles. Rechele se traînait hors du lit, en chemise de nuit, attentive au grattement des souris et au craquement sec du bois à brûler derrière l'âtre. Parfois un corbeau devant la fenêtre se réveillait en poussant un cri guttural. Une fois, Rechele eut l'impression que le châtaignier, couvert de neige, de l'autre côté du chemin, s'était mis à fleurir.

Depuis quelques jours, Rechele croyait entendre un homme rire et braire en pleine nuit. Chaque fois que Chinkele la Pieuse s'endormait, Rechele la réveillait d'une secousse à l'épaule.

« Chinkele, ne te fâche pas, dit-elle, sur un ton

coupable, je ne sais pourquoi, mais je ne peux trouver le repos.

— Prends patience, bientôt tu seras mariée à Reb Itche Mates, et aucun mal ne pourra t'atteindre, répondait Chinkele. C'est un saint homme que le Ciel a envoyé pour te sauver.

— Chinkele chérie, j'ai si peur de lui ! » protesta Rechele. Et sa voix se brisa. « Il a des yeux morts !

— Folle créature ! cria Chinkele, furieuse. Que Dieu envoie à tes ennemis de tels cauchemars ! Viens, étends-toi près de moi, et je vais conjurer le mauvais esprit. »

Rechele s'allongea près de Chinkele, qui chuchotait une incantation. Mais bientôt Chinkele se mit à ronfler ; son nez émettait comme un sifflement. Soudain les vieux vêtements tombèrent de devant la fenêtre et la pièce devint aussi claire qu'en plein jour. Maintenant Rechele pouvait distinguer toutes choses : les pots sur le foyer, les toiles d'araignée sur les murs et, sur la tapisserie du mur de l'est, des lions qui détournaient la tête en dardant la langue. L'un des yeux de Chinkele était à moitié ouvert et d'un aspect vitreux ; l'autre restait fermé. Il y avait tant de rides aux coins des yeux de Chinkele qu'elle semblait rire dans son sommeil. Se dressant à moitié sur le lit, Rechele appuya la tête sur ses genoux et attendit le chant du coq. Ses bras et ses jambes lui faisaient mal ; son cerveau semblait éclater sous son crâne en menus grains de sable, et des pensées confuses bourdonnaient dans sa tête comme des mouches. Elle leva les yeux et regarda le paysage enneigé, aveuglant ; puis elle frémit, comme sous l'effet d'innombrables piqûres d'épingles, et murmura :

« Je n'en peux plus ! Dieu miséricordieux, prends-moi ! »

11

Une lettre de Lublin

Un messager venant de Lublin arriva à Goray, porteur d'une lettre pour Rabbi Benish Ashkenazi. Elle était écrite dans la langue sacrée, en petits caractères ornés ; la signature se terminait en arabesques ; elle disait ceci :

« Au maître des saints enseignements, le juste parmi les justes, le pilier de l'univers, comme à Joachin et Boaz, lui qui est le pilier de notre maison, pour qui les portes de la crainte du Seigneur et de la sagesse ne sont jamais closes, l'orgueil de notre génération et sa gloire, le puissant marteau dont le savoir écrase des montagnes et les réduit en poussière, notre rabbin et notre chef, l'homme de Dieu, c'est-à-dire à Rabbi Benish Ashkenazi — puisse son éclat briller toujours et toujours, puisse-t-il vivre beaucoup de longues années heureuses et dans la paix, amen !

« J'ai entendu les rumeurs, et l'angoisse et les déchirements m'ont torturé comme une femme en couches ; et je criais très fort et versais des larmes amères. Car des méchants ont surgi, des fils de Bélial qui allaient répétant : Brisons les fers et le joug des saints enseignements et celui de Dieu (béni soit-il). Et ils ont mis leur confiance dans la tige d'un roseau cassé, dans cet homme coupable qui incite les autres au péché, comme sous Jeroboam, fils de Nebath. Sabbataï Zevi est son nom, puisse-t-il être rayé du livre de vie ! Certainement sa réputation a dû parvenir à vos oreilles, car cela fait plusieurs années maintenant que son appel se répandit pour la première fois jusqu'aux frontières de Judah. Le temps du Messie approchait, de nouveaux prophètes se levaient, visionnaires et astrologues, qui proclamaient : dans l'année 5426 depuis la Création du Monde (1665), notre sauveur viendra. Il doit franchir la rivière Sambation et aborder sur l'autre rive. Là, il doit prendre pour femme la fille, âgée de treize ans, de notre maître Moïse. Plus tard, il doit revenir vers nous, monté sur un lion, et il doit entreprendre de grandes guerres contre les peuples de la terre et relever le tabernacle du Roi David. Moi seul, chétive créature, perdue parmi les milliers d'hommes de Judah, je dois avouer que je n'ai jamais tendu une oreille complaisante ni ajouté foi à ces promesses suspectes qui ne reposent nullement sur les paroles de nos sages, — bénie soit leur mémoire ! Leurs fondements sont des allusions trouvées dans le Zohar et autres livres kabbalistiques, sur lesquels je préfère me taire. Je garderai un frein à ma bouche, pour ne pas être brûlé par leurs paroles, car leur morsure est comme celle du renard et leur dard est semblable à celui du scorpion, exactement la même chose. Ces nouvelles ont apporté une grande confusion sous les tentes d'Israël en Pologne, car les blessures que nous ont faites la main de l'assassin Chmielnicki (que son nom périsse) et celle d'autres hommes tout aussi cruels que lui ne sont pas encore guéries ; et ce qui reste d'Israël est terriblement appauvri, et notre fierté est humiliée, — nul ne vit, nul n'apprit rien d'aussi terrible depuis le jour où Israël fut chassé de sa terre. Dans chaque ville où ces nouvelles parvinrent, on vit se lever aussitôt des hommes futiles et légers qui, sans se poser de questions, acceptèrent le son en même temps que la farine, et se laissèrent prendre au piège que cet homme coupable avait tendu sous leurs pieds. Pareillement, un grand nombre de sages et de savants tombèrent dans ses filets, ou bien encore, ils eurent peur d'ouvrir la bouche et ils dirent amen contre leur gré. Votre Honneur sait fort bien qu'il faut beaucoup de temps aux nouvelles pour parvenir à nos oreilles, depuis les terres que le Turc tient sous son sceptre, et que ces nouvelles n'ont pour la plupart aucun fondement sérieux, car le vrai et le faux y sont étroitement mêlés. Il n'empêche que, chaque jour, de nouvelles rumeurs parviennent jusqu'à nous, immondes, terrifiantes, au point que nos cœurs fondent comme de la cire et que nos genoux se dérobent. Des témoins sont là, pour attester que Sabbataï Zevi a l'audace de prononcer le saint nom de Dieu, dont il épèle chaque lettre, et qu'il n'hésite pas à faire usage de noms impurs pour produire des effets magiques et pour changer le cours naturel des choses — pour amener les gens à croire en lui et à accepter son enseignement. On raconte aussi qu'il se désigne, dans ses lettres, par des mots comme “ Moi, votre Dieu, Sabbataï Zevi ”. Malheur aux oreilles qui ont entendu pareilles choses ; malheur aux yeux qui les ont vues ! Car c'est bien le blasphème et l'injure au Seigneur, à propos de quoi il est dit : “ Les feux de la Géhenne s'éteindront, mais le feu de ce péché ne s'éteindra pas, et ce sera une abomination pour toute chair. ” Et moi, le dernier des hommes, j'ai cherché à atteindre les racines de cette monstruosité, — mais qui peut se préparer au combat contre un peuple qui brûle tout vif quiconque ose exprimer le moindre doute sur sa foi dépravée, — cette foule incapable de distinguer une perle d'un grain de sable ? Qui sait ? Peut-être

Sabbataï Zevi a-t-il l'intention de devenir l'idole d'une idolâtrie — tels Mahomet et tous les autres qui ont falsifié le nom de Dieu et empoisonné le monde ? Si nous autres, les sages de Pologne, les bergers de notre génération, avions seulement pu savoir ce qu'il avait fait, ce qu'il était en train de faire, nous aurions pu aller à sa rencontre avec, pour armes, les hampes de la Torah, et nous aurions engagé contre lui le combat pour la cause de Dieu, jusqu'à ce qu'il eût été anéanti ! Mais, à notre immense tristesse, nous ne connaissons pas cet homme, et nous ne pouvons, aussi longtemps qu'il en sera ainsi, l'affronter efficacement. Nous devons, pour le moment, attendre et constater ce que chaque jour apporte de nouveau. Et bien qu'un grand nombre d'hommes, parmi les meilleurs, se trompent assurément sur son compte, je jure par le Dieu vivant que Sabbataï Zevi n'est pas notre Messie, vers qui se sont tournés nos regards depuis près de deux mille ans. Car le mensonge et la tromperie émanent de ses lèvres. Un imposteur, et un séducteur, voilà ce qu'il est, lui qui a dit : " Je dévorerai Jacob et je réduirai en ruine sa demeure ", et, pour sûr, quelque jour ce sera sa perte. Qui donc s'est-il jamais insurgé contre le Dieu Unique et Éternel d'Israël, qui ne fût voué à la défaite ? Plus amère sera sa fin et toutes les malédictions de Dieu, celles qui figurent au chapitre vingt-six du Lévitique et au chapitre vingt-huit du Deutéronome, ainsi que tous les anathèmes que Joshua lança contre Jéricho, retomberont sur sa tête, amen, — car telle est la volonté de Dieu.

« Encore n'aurais-je pas écrit tout ceci, car le temps n'est pas encore mûr et jusque-là il nous faut nous appuyer sur des faussaires et des conteurs de balivernes (je l'ai déjà dit). Mais le hasard m'a fait apprendre que, dans votre sainte communauté, un homme était arrivé, nommé Itche Mates (son nom est à son image : folie est son nom, et lui-même est folie). Et ce faussaire, cet imposteur, veut se faire passer pour un grand homme, comme ne manquent jamais de faire ceux qui font métier de tromper le monde. Il a creusé une fosse pour les jeunes et les vieux, pour en faire des captifs, par sa piété hypocrite et des conduites étranges, comme l'œil n'en a jamais vu de semblable. A l'entendre, on est prêt à croire qu'il jeûne d'un shabbat à l'autre, qu'il se plonge lui-même dans le bain rituel (en tenant un rat dans sa main !), qu'il mortifie son corps en usant de toutes les formes possibles de mortification. Ses paroles et ses actes n'ont d'autre but que d'induire les gens en erreur, de les inciter à quitter le droit chemin, et de les faire se précipiter au plus profond du gouffre de l'hérésie. D'hommes comme lui, le Roi Salomon — le plus sage de tous les hommes — a dit avec raison : " Nul d'entre eux ne revient parmi les vivants, ni ne retrouve le chemin de la vie. " Car cet homme n'agit pas par la puissance de Dieu, mais bien plutôt par celle du Mauvais. Sans nul doute, il pratique la magie noire ; sans nul doute il s'entretient avec les spectres ; son bâton répond à ses questions, et il a fait un pacte avec les démons. Tout ceci, les grands, les rois du monde, l'ont révélé ; et qui sont, mettons, les vrais rois du monde ? Ce sont nos maîtres, les rabbins. En quelque lieu qu'il porte ses pas, notre homme dispense des soins et des amulettes pour guérir les malades et pour conjurer les esprits malfaisants : il est semblable à ces maîtres qui furent capables de s'aventurer dans les vignes de la Kabbale et d'en revenir sains et saufs. Mais ceux qui connaissent vraiment la Kabbale, ceux qui en comprennent les allusions et les secrets, ont vérifié soigneusement ses amulettes et découvert qu'il fait usage de noms de démons mâles ou femelles, de lutins et de chiens impudiques. (Dieu nous vienne en aide et nous protège !) Et non seulement ses amulettes n'ont produit aucun effet, mais, au contraire, elles ont eu pour résultat que des enfants innocents, qui avaient ignoré jusqu'alors le péché, et aussi des hommes au cœur pur, sont morts de maux mystérieux, après une longue maladie. J'en ai la chair de poule, car les démons prennent possession de ceux qui font appel à eux et assouvissent leur vengeance, à la fois dans ce monde et dans l'autre. En effet, ils adhèrent à l'âme et la souillent, de toute façon. Les rabbins, âmes parfaites, et qui craignent Dieu, ont souvent sommé Itche Mates de mettre fin à ses pratiques — car il faut avertir le coupable avant de le punir. Mais il se moque bien, en lui-même, des remontrances des justes. Il pousse des hurlements, comme fait un chien, avec sa bouche ; il trouve cent cinquante raisons pour prétendre que ce qui est impur est en réalité pur. Mais secrètement il est un fidèle de Satan et de Lilith, auxquels il offre des sacrifices. Oui, c'est aux démons qu'il sacrifie, et non au Dieu vivant. Il a les poches pleines de lettres — mais ce sont des faux — écrites par les hommes éminents de notre génération, et ses lèvres distillent la tromperie. Quand sa langue exprime la flatterie, celle-ci contient du poison. Pis encore, le faux prophète est toujours plongé dans une mélancolie dont l'origine est la luxure, ainsi que nos sages l'ont mis en évidence. En quelque ville qu'il arrive, il persuade, par ses propos, une femme de s'unir à lui dans le mariage ; mais son dessein est de la rendre impure et de lui faire une mauvaise réputation. Car, après le mariage, ses femmes le quittent toutes, à cause de ses procédés ignobles. A trop pratiquer la magie, il a fini par en être victime et n'a plus la puissance nécessaire pour jouer son rôle d'époux ; il voudrait bien s'appuyer à sa maison, mais celle-ci ne tient plus debout.

« Cependant il ne divorce pas d'avec elles, et il les abandonne à leur sort de femmes séparées, les joues baignées de larmes et frappant l'air de leurs lugubres cris, mais en vain. Malheur à lui, et malheur à son âme, qui doit pleurer en secret. Puissent-elles maudire ce qui blasphème contre la lumière du jour, elles qui sont prêtes à réveiller Léviathan !

« Et maintenant, je prie Votre Honneur de ne point considérer le flacon mais plutôt son contenu et de ne pas permettre à cet homme dangereux de se fixer dans votre sainte congrégation, dont le nom est comme un onguent que l'on verse comme le henné et le nard. Ne prêtez pas une oreille complaisante à ses insinuations, ni à ses mensonges. Déracinez-le. Battez-le, brisez-lui la tête, faites de lui un objet d'opprobre et de dérision : ainsi pourrez-vous chasser le démon de votre sein, comme cela est déjà arrivé, avec l'aide de Dieu, dans d'autres saintes congrégations. Des pieds à la tête, en effet, on ne saurait trouver en lui rien de bon, mais seulement des plaies, des meurtrissures, des blessures purulentes. Otez le voile dont il couvre sa face, pour sanctifier le nom de Celui qui règne là-haut et pour donner au misérable le juste châtiment de son crime. Faites retomber sur sa propre tête le sang qu'il a répandu. Il vous faut effacer le souvenir d'Amalek de dessous le ciel. Chassez-le honteusement, comme l'ont déjà fait les autres grands hommes, dans leurs cités, et découvrez sa nudité, afin que tous en aient le spectacle, et qu'il comprenne qu'il existe, en ce monde, un Juge et une Justice, et qu'Israël n'est pas veuf. Car les eaux ont pénétré jusqu'à l'âme, et l'on ne saurait supporter plus longtemps ces hypocrites ni ces prophétiseurs, capables d'abattre la branche de Judah (je veux dire, les disciples des sages), et de la faire disparaître totalement. Cette feuille n'est pas suffisante, et je n'y puis tout écrire. Mais quand on s'adresse au sage, il devient plus avisé et comprend une chose en fonction d'une autre. Et Dieu sera à nos côtés et débarrassera le monde de la bave du serpent et du poison du basilic. Sur ce, j'en termine avec cette missive et je conclus, le cœur brisé et contrit, tandis que mes genoux se dérobent.

« Écrit de ma main, par moi qui suis le plus humble des hommes, la queue du renard, le seuil destiné à être foulé par les sages... Je suis un ver, et non pas un homme, un être que tous doivent tourner en dérision et mépriser : Jacob, fils du vénéré Rabbi Nachum (bénie soit la mémoire des Justes !), qui fut jadis le chef de la sainte communauté de Pintchev, actuellement membre de la sainte communauté de Lublin. (Que Dieu la protège et la garde !) »

12

Rabbi Benish se prépare à la guerre contre la secte de Sabbataï Zevi

Rabbi Benish se prépara à la guerre contre la secte de Sabbataï Zevi. Il envoya Grunam faire une enquête sur le colporteur Itche Mates et sur ses activités ; à la barrière qui entoure la synagogue, il fit apposer une mise en garde contre la lecture des libelles apportés de l'extérieur. Rabbi Benish invitait tous ceux qui étaient en possession d'amulettes à venir les faire examiner, car des rumeurs s'étaient répandues d'après lesquelles les noms de démons impurs et de Sabbataï Zevi étaient inscrits sur beaucoup d'entre elles. Le jour du shabbat, le rabbin prêcha à la synagogue, entre les prières du matin et celles de l'après-midi ; il commenta ce verset du Cantique des Cantiques : « N'éveillez point, ne réveillez pas mon amour, avant l'heure de son bon plaisir. » Il soulignait que c'était un péché de vouloir hâter la venue du Messie. Rabbi Benish entretint également la congrégation au sujet des faux Messies, qui étaient apparus depuis quelque temps déjà ; il parla aussi des persécutions que les Juifs avaient subies à cause d'eux. Pour empêcher les jeunes gens, adeptes de la Kabbale, de se réunir à minuit, comme ils en avaient l'habitude, il donna l'ordre de fermer la maison d'étude et le bain rituel pendant toute la nuit. Reb Itche Mates ne pouvait plus s'immerger dans la piscine avant la veillée de prières de minuit, et il était obligé d'aller jusqu'à l'étang, en dehors de la ville, et d'emporter une hachette pour faire un trou dans la glace. Deux jeunes gens marchaient devant lui, avec des lanternes de bois, pour éclairer le chemin défoncé. Reb Itche Mates portait le Livre de la Création, pour chasser les mauvais esprits. Calmement, sans un soupir, il ôtait ses vêtements et se plongeait dans l'eau. Pour retrouver l'étroite brèche faite dans la glace, il s'attachait à une corde. Après son immersion, au lieu de couvrir en hâte son corps glacé, il se roulait dans la neige en énumérant ses péchés. Il allait jusqu'à demander pardon pour la souffrance qu'il avait causée à sa mère, quand celle-ci le portait encore dans son sein... Rabbi Benish disait de lui qu'il était un « fanatique ridicule ».

Le vieux rabbin ne pouvait se défaire de sa mélancolie. Depuis que la secte de Sabbataï Zevi avait pris de l'importance à Goray, il lui arrivait de s'emporter contre les membres de sa famille ; il répondait avec brusquerie aux femmes qui lui posaient des questions rituelles. Il n'accueillait plus les visiteurs d'un « Que Dieu bénisse votre venue » et évitait les prières en commun. Son corps se courbait comme sous le poids d'un lourd fardeau et, contrairement à ses habitudes, il somnolait souvent dans la journée. En pleine nuit, il réveillait la maisonnée, demandant que l'on arrange son lit parce que son corps lui faisait mal et qu'il ne pouvait pas trouver le sommeil. Dès la tombée de la nuit, il ordonnait de barricader les volets. Il écrivait de nombreuses lettres qu'il n'envoyait pas, et elles restaient éparpillées sur la table et le plancher. Aussi souvent qu'on lui apportât son repas de la cuisine, il le laissait refroidir, et il fallait finalement le remporter sans qu'il y eût touché. Il ne révisait plus la leçon quotidienne avec ses élèves, et, comme en période de famine ou d'épidémie, il exigea que son lit fût transporté hors de sa chambre à coucher. Son visage jaunit et se couvrit de rides : brusquement, il présenta tous les signes de la vieillesse. Une fois, il veilla toute une nuit pour établir un testament qu'il brûla dans l'âtre à l'aube. Une autre fois, il fit venir dix de ses amis, pour leur témoigner, par une profession de foi, qu'il restait fidèle à sa religion : toute déclaration contraire qu'il pourrait faire avant sa mort devrait être considérée comme fausse et sans valeur. De plus, il écrivit cette déclaration sur parchemin, avec sa plume d'oie, et pria les témoins d'y apposer leur signature. Pendant plusieurs jours, cet événement fit jaser, par toute la ville, parce que les gens n'en comprenaient pas le sens. Finalement ils trouvèrent, dans le « Livre du Gué du Jabbok », un passage suivant lequel Samaël vient visiter tout homme qui va mourir ; il brandit une épée nue et l'incite à nier l'existence de Dieu ; — il vaut mieux rendre nul, par avance, semblable blasphème. Ils en concluaient que Rabbi Benish se préparait à la mort.

Entre-temps des événements surprenants se produisaient à Goray.

On racontait que Mordecaï Joseph, le kabbaliste, pétrissait dans les combles de la maison d'étude un golem d'argile destiné à assister les Juifs au moment des douleurs de l'enfantement du Messie. Quelqu'un vit Mordecaï Joseph et un garçon, qui montaient l'escalier en portant un sac de glaise. De Reb Itche Mates on disait qu'il avait chaque nuit une extase et que Rabbi Isaac Luria, le vénéré, venait lui révéler les secrets de la Kabbale. Depuis l'arrivée de Reb Itche Mates à Goray, les Juifs de cette ville n'avaient plus dans leurs cœurs que le retour vers

Dieu. Les hommes se levaient avant le point du jour pour réciter des psaumes, les femmes jeûnaient le lundi et le jeudi et envoyaient des pots de nourriture à la maison des pauvres. Une femme mariée tambourina sur l'estrade de prières, un jour de shabbat, et confessa qu'elle avait couché avec son mari pendant ses jours impurs. Les jeunes mariés n'approchaient pas leurs femmes, les nuits où ils s'immergeaient dans le bain rituel. Quelques personnes choisies se réunissaient chaque nuit dans la maison de Reb Gobel Chasid, et Reb Itche Mates leur révélait les mystères de la Torah.

La nuit du dix-septième jour de Tebet, Rechele fut fiancée à Reb Itche Mates ; la fête des fiançailles eut lieu au premier étage de la maison de Rechele. On avait installé banquettes et tables de part et d'autre de la pièce, un côté pour les hommes et l'autre pour les femmes. A la dernière minute, Rechele se ravisa et se mit à pleurer en disant qu'elle ne voulait pas de Itche Mates. Mais elle fut apaisée par de douces paroles et par des cadeaux, si bien que, finalement, elle fut de nouveau consentante. A présent elle était assise au milieu d'une foule de femmes ; elle portait un vêtement de soie, un fichu sur le front et un collier de perles qui appartenait à Chinkele. Son visage était pâle et tendu ; ses larges yeux brillants étaient baignés de larmes. Pour divertir la fiancée et raffermir son courage, les femmes louaient avec enthousiasme sa beauté, caressaient ses cheveux et la stimulaient avec des cuillerées de confiture à la citronnelle. Reb Itche Mates, dans un caftan de soie, était assis, entouré de sa suite, à la table des hommes. Le poêle chauffait au point que l'humidité suintait des murs ; les longues chandelles, dans les candélabres de terre, fondaient si vite qu'il fallait les moucher fréquemment. Reb Itche Mates était d'excellente humeur, le visage empourpré, les yeux brillants. Il faisait souvent allusion au mystère de l'union sexuelle sacrée ; il expliquait de nouvelles combinaisons ou permutations kabbalistiques des lettres saintes, tout en distribuant avec parcimonie des rasades d'eau-de-vie et de vin aromatisé. Il était dans une euphorie telle qu'il pria les femmes de danser, pour amuser la future mariée. Là-dessus Chinkele la Pieuse se leva et ordonna de pousser les tables de côté. Bohémienne, elle suivait les coutumes de son pays. Les jeunes femmes se moquaient d'elle et riaient à gorge déployée ; mais Chinkele ne semblait pas les entendre. Elle étira ses bras maigres dans ses larges manches froncées, inclina sa petite tête de côté, et se mit à tourner tandis qu'elle chantait, en vieux yiddish :

Protège, Seigneur Dieu
Cette mariée et ce marié
Puissions-nous bientôt voir le Messie.
Que la Divine Présence, Seigneur Dieu, les unisse
Ces deux êtres qui cherchent le lit nuptial.

Extatique, Chinkele la Pieuse invitait les femmes à danser dans un cercle, mais elles étaient intimidées et, groupées près du seuil, elles se poussaient mutuellement en avant. Chinkele voulut danser avec la fiancée, mais, à cause de l'infirmité de Rechele, elle dut y renoncer. Alors, après avoir essuyé avec sa manche son front trempé de sueur, Itche Mates se leva et s'approcha de Chinkele. Il tira son mouchoir de sa poche supérieure, et le tenant par un coin dit à Chinkele, en parlant de côté, comme s'il ne s'adressait pas directement à elle : « Prends l'autre coin ! Cela plaît au Dieu béni, car nous dansons devant Lui. »

Reb Itche Mates releva les pans de son caftan,

exhibant son pantalon en toile blanche et ses franges rituelles, puis il couvrit ses yeux de sa main gauche, et commença à traîner les pieds sur le plancher. Comme une mariée lors de la danse de mariage, Chinkele saisit la traîne de son vêtement de noces en satin bouffant et se mit à sautiller d'avant en arrière sur ses chaussures pointues. Les perles éclatantes qui ornaient sa coiffe tintaient ; ses joues creuses s'empourpraient, et des larmes brillantes coulaient de ses paupières. Tout d'abord, chacun regarda ce spectacle avec surprise. Quelques-uns même se demandaient s'il n'était pas le fait d'une légèreté coupable. Mais bientôt ils furent silencieux, sentant que cette danse n'était pas une danse ordinaire : de grandes choses en émanaient. Le silence se fit si profond qu'on pouvait entendre grésiller les flammes des chandelles. Les hommes, pressés les uns contre les autres, regardaient fixement, avec des yeux humides et grands ouverts. Un jeune kabbaliste malingre, à la pomme d'Adam proéminente, balançait violemment sa haute taille comme s'il était en prières et, crispant ses doigts jusqu'à faire craquer les articulations, il grimaçait et louchait. Reb Mordecaï Joseph se tenait dans un coin, appuyé sur sa béquille. Sa barbe ébouriffée flamboyait, ses yeux verts vacillaient, des traînées de sueur coulaient de son visage, et tout son corps était secoué spasmodiquement. Pendant des heures, inlassablement le couple dansa sans s'arrêter. Les âmes des danseurs semblaient exaltées jusqu'aux sphères supérieures. Rechele, cependant, était appuyée contre le coin d'un lit, les mains couvrant son visage comme si elle pleurait en secret. Soudain, elle lança sa jambe boiteuse, comme pour faire un pas en avant, mais elle fut saisie d'un rire si violent et si bruyant que tous la regardèrent. Avant que l'on ait pu la retenir elle était tombée et restait étendue là, le souffle entrecoupé de sanglots. Ses yeux devenaient vitreux, ses bras et ses jambes se convulsaient, de l'écume sortait de sa bouche tordue. Elle tremblait, se contorsionnait, et une sorte de buée s'élevait au-dessus d'elle, comme d'un tas de cendres.

Reb Itche Mates ne remarqua rien ; il tenait toujours le mouchoir et il continuait de danser en trébuchant à chaque pas comme un homme ivre. Son visage était enflammé d'un enthousiasme mystique ; sa veste de soie était trempée ; des gouttes de sueur coulaient dans sa barbe et glissaient sur sa poitrine découverte. Son écharpe s'était défaite, un pan de son caftan traînait sur le plancher mouillé ; il tenait sa tête renversée, comme s'il fixait constamment quelque chose par-delà le plafond.

Incapable de se contenir plus longtemps, Reb Mordecaï Joseph exhala une plainte, frappa le plancher de sa béquille et, tout à coup, commença à sautiller en sanglotant et gémissant : « Dansez, les hommes ! Ne perdons pas de temps ! La divine compagnie nous attend ! »

13

Les autres arrivent

Il était minuit passé. Dans la nuit claire qui enveloppait Goray, le vent soufflait, un vent violent qui chassait la neige poudreuse et l'amassait en monticules. La terre glacée était dénudée ; les arbres secouaient leur givre ; des branches se brisaient ; de la mousse apparaissait soudainement sur les toits. En plein cœur de l'hiver, les toitures présentaient au monde le spectacle de leurs bardeaux pourris et de la pierraille dont on avait obturé les trous. Les corbeaux se réveillaient et poussaient de rauques croassements, comme saisis d'un chagrin soudain. Des tourbillons de neige traversaient l'air, tels des vols d'oies sauvages. Parmi de lourds nuages sombres déchiquetés, une lune inexpressive parcourait rapidement le ciel. On aurait pu croire que la ville était l'objet d'une brusque métamorphose qui devrait être achevée avant l'apparition de l'étoile du matin.

Cette nuit-là, Rabbi Benish resta étendu plus tard que d'habitude sur le bat-flanc installé dans son bureau. Il avait gardé son pantalon blanc et s'était couché sur trois oreillers de plume douce, puis il s'était couvert d'un châle. Néanmoins il ne pouvait pas s'endormir. Des murmures et des hurlements s'échappaient de la cheminée, et, parfois, dans l'air apaisé, on eût dit le soupir d'une âme en peine. La poutre sur laquelle étaient empilés les livres saints, trop usés pour être utilisables, frémissait ; des bruits confus et sourds semblaient venir d'en haut, comme si quelqu'un remuait de lourds objets. Bien que le poêle en faïence fût allumé et que les fenêtres fussent fermées et calfeutrées avec de la paille tressée, un courant d'air froid s'insinuait, glaçant les membres vieillis de Rabbi Benish.

Rabbi Benish essaya de se concentrer sur la Torah, comme il faisait généralement quand le sommeil l'avait fui. Mais, cette nuit, ses pensées étaient trop rapides ; elles se bousculaient et s'embrouillaient dans son esprit. Il abaissa les paupières sur ses yeux, mais elles se rouvrirent d'elles-mêmes. Dans le demi-sommeil, ses oreilles percevaient le bruit d'une discussion : de nombreuses voix y participaient, animant le débat, avec force et chaleur. Il s'agissait, encore une fois, de l'éternelle querelle à propos de Sabbataï Zevi et des Derniers Temps, cette querelle qui le préoccupait sans cesse. Soudain, il sursauta si violemment que le bat-flanc en fut ébranlé. Il n'entendait plus les voix, mais on tambourinait sur les volets. Il se secoua pour finir de se réveiller, s'assit et, tout tremblant, questionna d'un ton craintif :

« Qui est là ?

— C'est moi, Rabbi. Pardonnez-moi.

— Qui êtes-vous ?

— Grunam. »

Rabbi Benish pressentit de mauvaises nouvelles, et il éprouva comme des picotements sur la peau. Après un bref silence, il répondit, « Une minute, seulement ! »

Le rabbin se glissa hors du lit, chercha ses mules à tâtons et s'enveloppa dans sa tunique. Puis il se dirigea vers la porte. Dans son trouble, il se heurta la tête au chambranle, si fort qu'une bosse aussitôt apparut sur son front. A l'aveuglette, la main tremblante, il ôta la chaîne, tira le verrou et tourna par deux fois la clef dans la serrure. Grunam fit irruption dans la pièce, apportant un souffle d'air glacé ; il haletait, comme si quelqu'un l'avait poursuivi.

« Rabbi, dit-il d'une voix entrecoupée, mille fois pardon ! Toute une foule d'hommes et de femmes se sont réunis ! Chez Reb Eleazar Babad, à l'étage supérieur. Les hommes dansent avec les femmes. Profanation ! »

Rabbi Benish ne put en croire ses oreilles. Les choses étaient-elles allées si loin, à Goray ? En silence, il commença à se vêtir. Dans l'obscurité, il endossa son manteau de fourrure et ajusta son écharpe brodée. Plusieurs fois, des chaises tombèrent ; Rabbi Benish heurta un coin de table et se fit mal. Ses jambes étaient engourdies de façon inhabituelle ; des frissons parcouraient son dos, lui glaçant l'épine dorsale. Pour la première fois depuis bien des années, Rabbi Benish fut pris d'un accès de toux. Les yeux du vieux Grunam luisaient comme ceux d'un chat.

« Rabbi, pardonnez-moi, dit-il de nouveau.

— Viens ! hurla presque Rabbi Benish. Vite ! »

Les genoux tremblants, Rabbi Benish rcleva son col. Il s'était attendu à trouver les ténèbres au-dehors, mais il faisait aussi clair qu'au crépuscule. La bise le saisit aussitôt, lui coupant la respiration. De fines aiguilles de neige ou de pluie — il était impossible de le préciser — cinglaient son visage. La peau de son front se tendit et ses paupières gonflèrent. Rabbi Benish regarda autour de lui, comme s'il ne parvenait pas à reconnaître la ville ; il avait peur de glisser et il voulut prendre la main de Grunam. Mais, soudain, une violente bourrasque s'abattit sur lui, dans un hurlement ; elle le fit reculer de plusieurs pas, puis, sur la descente, elle le chassa devant elle. Son bonnet de fourrure fut emporté ; il s'envola haut dans les airs, semblable à un oiseau noir, puis il plongea obliquement vers la terre et se mit à rouler follement, droit vers le puits. Rabbi Benish saisit sa calotte à deux mains ; alors le sol se déroba sous ses pas.

« Grunam ! » hurla Rabbi Benish, d'une voix que l'on n'avait jamais entendue.

Plus tard, Rabbi Benish ne put dire ce qui s'était passé. Grunam s'était lancé à la poursuite de la coiffe noire, en dévalant la pente raide ; puis, comme il essayait de lui faire obstacle avec son corps, il tomba, se releva, pour tomber encore. Il roula jusqu'au bas de la pente et, tout à coup, disparut complètement, comme englouti. Dans un regard terrifié, Rabbi Benish réalisa que le Mal était sorti ; il essaya de retourner à la maison. Mais, à ce moment, ses yeux furent aveuglés comme par du sable. Sa calotte s'envola, les pans de sa veste se soulevèrent et se mirent à le tirer en arrière. La tête lui tournait et il suffoquait. Soudain la tempête le saisit, le souleva sur une courte distance, comme sur des ailes, puis le précipita sur le sol si brutalement que, dans le hurlement de la tourmente, il entendit ses os qui se brisaient. Ses dernières lueurs de conscience lui permirent encore de penser : « La Fin. »

Tout le drame n'avait duré que quelques secondes. Quand Grunam revint en hâte avec le bonnet de fourrure, il ne put trouver le rabbin. Car convaincu que le rabbin était retourné à la maison, il alla frapper aux volets, en appelant ; mais il ne reçut pas de réponse. Alors, redoutant le pire, Grunam s'écria à pleins poumons :

« Au secours, le rabbin, au se-cours ! »

La femme du rabbin répondit la première ; puis ses belles-filles et ses petits-enfants s'éveillèrent en sursaut. Tous se précipitèrent au-dehors, à moitié nus, et ameutèrent la ville par leurs cris d'épouvante. Tout d'abord, personne ne put comprendre ce qui était arrivé. La terreur avait fait perdre à Grunam l'usage de sa langue ; aussi gesticulait-il en clignotant des yeux, comme un muet. Des portes s'ouvrirent de tous côtés. Beaucoup de gens crurent que des bandits avaient attaqué la ville ; pour d'autres, un incendie avait éclaté. Une bonne demi-heure s'écoula avant qu'on découvrît Rabbi Benish, à moitié enseveli dans la neige, près d'un marronnier, à quelque vingt pas de sa maison. Sa femme s'évanouit quand elle vit ce qui était survenu ; et les femmes firent aussitôt entendre leurs lamentations. Mais Rabbi Benish n'était pas mort. Plusieurs hommes soulevèrent le rabbin gémissant et le portèrent dans le bureau. Son visage gelé était bleu, son bras droit cassé ou démis. Un œil était fermé, comme collé. Une buée montait de sa barbe couverte de neige, et son corps était agité par la fièvre. Des gens lui posèrent des questions, en lui criant dans les oreilles, mais il ne répondit pas. Non sans peine, on le déshabilla et on l'étendit sur sa couche. Les lèvres du rabbin avaient blanchi sous l'effet de la douleur, et la femme d'Ozer les humecta avec du vinaigre. Quelqu'un d'autre frotta les tempes du rabbin et souffla sur son visage, pour le ranimer. Afin d'éclairer la pièce, l'un de ceux qui étaient arrivés en courant alluma la chandelle enrubannée, réservée à la cérémonie de la nuit du shabbat ; la flamme vacilla et se mit à fumer.

Ces événements furent rapidement connus de ceux qui participaient à la fête des fiançailles. La plus grande partie de l'assistance quitta précipitamment les lieux ; les femmes s'en allaient, isolément, en évitant de se faire remarquer. Les chandelles s'étaient déjà éteintes. Seules quelques branches de sapin humides tassées sous le trépied répandaient une lueur incertaine. Le plancher était mouillé, les banquettes et les tables avaient été déplacées et renversées. Des gouttes tombaient du plafond et une odeur d'eau-de-vie et de braises remuées flottait dans l'air, comme après un incendie. Rechele n'était pas encore revenue à elle ; elle restait inerte sur le lit, moite, les cheveux en désordre, claquant des dents. Chinkele la Pieuse s'efforçait toujours de la ranimer ; elle déboutonna son corsage, dégrafa les crochets, délaça les cordons et humecta ses lèvres, tout en murmurant des mots de tendresse et en la suppliant. Reb Itche Mates, le visage tourné vers le mur, se tenait dans un coin, en grommelant... Reb Mordecaï Joseph, qui avait bu la moitié d'un broc d'eau-de-vie, le poussait du coude pour l'inciter à rentrer chez lui ; d'une voix rauque, il chantait victoire, tout au plaisir que lui causait la chute de son ennemi Benish.

« Venez, Reb Itche Mates. Maintenant, les démons le possèdent. Puisse son nom périr ! »

14

Le Rabbin abandonne sa congrégation

Dans le bureau où l'on avait installé le lit à baldaquin de Rabbi Benish, le poêle chauffait tellement que le plâtre se fendillait ; la chaleur était étouffante. Par crainte du froid, la porte extérieure avait été condamnée, et les visiteurs qui commençaient à venir tôt le matin devaient traverser plusieurs pièces, avant de pénétrer dans celle où était couché Rabbi Benish. Le plancher était humide et boueux, et il s'en dégageait une odeur de maladie et de médicaments. Les gens de Goray tournaient en rond dans la chambre du malade ; ils mâchonnaient leurs barbes, se frottaient le front et discutaient bruyamment sur ce qu'il y avait lieu de faire. Des femmes, la tête recouverte de fichus malpropres, se serraient tristement les unes contre les autres ; elles chuchotaient dans les coins, se mouchaient dans leurs tabliers et poussaient de bruyants soupirs. La table, devant laquelle le rabbin avait étudié la Torah depuis plus d'un demi-siècle, avait été poussée contre un mur ; les portes de l'armoire à livres étaient largement ouvertes ; les pieds fuselés des chaises anciennes craquaient et se fendaient sous le poids inaccoutumé des visiteurs et tout semblait soudain bouleversé. Le malade gisait sur le lit, sous deux couvre-pieds ; sa veste de velours était étendue sur ses jambes. Son vaste front, tout contusionné, était baigné de sueur ; ses yeux étaient clos, et sa barbe emmêlée comme de la filasse. Tout son aspect avait changé.

Un grand désordre régnait dans la maison du rabbin. Sa femme circulait, la tête bandée et les yeux rouges, gonflés à force de pleurer. Ses épaules se courbaient plus encore que d'habitude, et son menton poilu tremblait sans cesse. Il semblait qu'elle murmurât constamment quelque chose, et dans son trouble, elle serrait contre elle un pot partout où elle allait. La fille du rabbin — la veuve — et la plus âgée de ses belles-filles couraient vers la maison d'étude, toutes les deux ou trois heures, pour implorer Dieu une fois encore et y allumer de nouvelles chandelles. Ensemble elles gravissaient en courant les marches qui conduisaient à l'Arche, en ouvraient la porte pour supplier les parchemins sacrés de la Torah et elles se lamentaient si pitoyablement que les jeunes gens, dans la maison d'étude, versaient des pleurs rien qu'à les entendre. Les gens du peuple récitaient des psaumes ; des femmes mesuraient les tombes avec des mèches, dont elles feraient des chandelles pour écarter la mort du rabbin. Même le fils du rabbin, Levi, qui appartenait à la secte de Sabbataï Zevi, avait oublié les différends qui l'opposaient à son père et se tenait à son chevet avec les autres visiteurs. Seul Ozer, l'aîné du rabbin, n'était pas là ; il était assis dans la cuisine, à son habitude ; il goûtait aux aliments qui mijotaient sur le feu, les avalant sans même les mâcher. De temps en temps, Ozer apparaissait dans la chambre du malade, le visage maculé de suie ; il se frayait un passage en bousculant chacun et en bredouillant de vagues questions :

« Que se passe-t-il ? Aucune amélioration ? »

Quels remèdes n'essaya-t-on pas ! On voulut baigner le bras malade dans de l'eau chaude, pour apaiser la douleur, sans autre résultat que de l'ébouillanter. On appliqua des compresses de sel, ce qui aggrava les choses. La gardienne de la maison des pauvres, experte dans les soins à donner aux malades, affirma que le bras était seulement démis et elle essaya de le remettre en place, mais Rabbi Benish s'évanouit sous la douleur. Ses petits-enfants coururent de maison en maison pour demander conseil, et revinrent avec différents remèdes de bonnes femmes : des gâteaux au miel à appliquer sur la blessure, de la graisse de chien à étendre dessus, de malodorantes pommades d'un jaune verdâtre, des emplâtres de moutarde. Deux femmes d'expérience, un foulard noué sur leurs cheveux, les manches roulées, vêtues de grands tabliers, s'installèrent à côté du lit et vidèrent constamment, dans des cuvettes, de l'eau bouillante contenue dans des pots, de sorte que la chambre du malade fut bientôt pleine de buée. Elles filtrèrent l'eau au travers de tamis et attisèrent des morceaux de charbon rougis, comme font les femmes, la veille de la Pâque, quand elles nettoient les plats pour la Pâque. La pièce sentait la fumée, les pierres calcinées et le rituel de la purification des morts. Si quelqu'un demandait au malade comment il se sentait, il entrouvrait un œil, regardait de façon étrange son interlocuteur et retombait aussitôt dans son sommeil.

Deux messagers étaient partis au point du jour vers un village voisin afin d'en ramener un paysan réputé comme rebouteux. On les avait munis d'argent et d'une gourde d'eau-de-vie, en leur recommandant de le traîner au besoin par les oreilles. Ils auraient dû être de retour, car le village était à peine à une demi-lieue. Mais ils n'étaient signalés nulle part. Des garçons sortirent s'enquérir des messagers et du paysan. Chacun d'eux revint avec un renseignement différent. Quelque part, au loin, sur une colline, quelque chose était en vue, mais on ne pouvait dire s'il s'agissait des messagers ou d'un traîneau. Depuis la disparition de Reb Eleazar et de Leib Banach, chacun vivait dans la crainte. Déjà les épouses des messagers étaient assises dans la cuisine de la femme du rabbin ; leur visage était congestionné ; elles étaient prêtes à crier et à pleurer. Tout en mangeant des tranches de pain enduites d'une épaisse couche de graisse, elles gémissaient comme des veuves. Bien qu'il fît cruellement froid audehors, des groupes de femmes se tenaient sur la place du marché, emmitouflées dans des châles, serrées les unes contre les autres, apparemment aussi angoissées qu'à une veillée funèbre. Leurs pieds, enfoncés dans de grandes bottes d'hommes, esquissaient constamment des pas de danse. Leurs visages, prématurément vieillis, étaient rendus plus pâles par le gel et par la nouvelle terreur dont l'ombre s'épanouissait au-dessus de la ville. Toutes répétaient le même refrain :

« C'est à cause " des autres ", les démons. »

« C'est de leur faute. »

Elles insinuaient que Nechele, sa belle-fille, avait jeté un sort à Rabbi Benish. Une femme avait vu, de ses propres yeux, Nechele en conversation secrète avec la vieille sorcière, Kinnegunde. Toutes les femmes tenaient pour certain que Nechele conservait une touffe de cheveux magique dans l'armoire de sa chambre et que, pour s'attacher son mari Levi, elle lui avait fait boire de l'eau avec laquelle elle s'était lavé les seins. Glucke, la femme de confiance, qui ne pouvait dormir de toute la nuit, jurait qu'elle avait entendu des voix de femmes, jacassant dans le vent : elle en avait conclu que les esprits tenaient une réunion. Plus tard, au moment même où Rabbi Benish fut blessé, tous les esprits avaient éclaté d'un rire moqueur et battu des mains — car ils s'étaient vengés sur les hommes.

Le guérisseur arriva enfin à la tombée de la nuit. Les messagers racontèrent que, le paysan ayant absolument refusé de venir, ils avaient dû le saouler à mort et le traîner pendant tout le voyage. C'était un minuscule vieillard avec des chaussures de paille et une veste en peau de mouton. Son énorme chapeau était fièrement rejeté en arrière sur ses boucles blanches. Ses petits yeux étaient rouges et riaient. Pour le conduire auprès de Rabbi Benish, on ouvrit la porte toute grande, comme s'il convenait d'honorer un célèbre médecin. Le vieil homme se frotta les mains, et il se mit à rire bêtement et à sautiller. Sa bouche édentée balbutia quelque chose d'insensé, sur un ton ironique.

« Il demande un autre verre », confia l'un des messagers à la femme du rabbin.

On remplit à moitié le verre du paysan. Il sortit de sa poche un morceau de fromage sec, mordit dedans, et des larmes d'aise coulèrent sur ses joues. Puis il approcha du lit pour voir ce qu'il pouvait faire. Il regarda Rabbi Benish comme s'il le soupçonnait de simulation. Quand le paysan empoigna son bras malade, Rabbi Benish hurla et se tordit sur son lit, comme pour se délivrer. Le paysan tira si violemment que tous entendirent l'os craquer. Sa face d'ivrogne avait bleui sous le coup de l'effort et d'une soudaine fureur Rabbi Benish perdit connaissance. On eut beaucoup de mal à le ranimer. Le paysan fut pris alors de rage folle ; il s'empara d'une assiette et la brisa à terre.

« Démon à face humaine ! » cria-t-il, en agitant ses poings. On pouvait croire qu'il allait se jeter sur le malade.

Non sans peine, on parvint à faire sortir le paysan de la chambre du rabbin, et on le persuada de retourner dans son village. Dans la crainte qu'il pût s'écrouler dans un champ et y geler à mort, ivre comme il était, et que les paysans n'accusent alors les Juifs de l'avoir tué et n'envahissent la ville, on trouva un homme qui voulut bien le ramener chez lui.

Entre-temps, la nuit était tombée. Cette nuit-là, le froid se fit si rigoureux que les vieilles gens ne se rappelaient pas en avoir jamais connu de semblable. L'eau gela dans le puits, et le seau se fêla. Une épaisse couche de glace s'était formée autour des margelles, et il était dangereux de s'en approcher, car un faux pas eût suffi à vous précipiter au fond.

Bien que les poêles fussent allumés dans toutes les maisons, de petits enfants pleuraient de froid dans leurs petits lits. Comme toujours par les nuits semblables il y eut nombre d'accidents et de malheurs. Des bébés se mirent brusquement à trembler, suffoquèrent et devinrent bleus. L'eau-de-vie et le poivre appliqués sur leurs ventres aggravaient les choses. Des jeunes filles revêtirent des vestes d'hommes, s'enveloppèrent dans une double épaisseur de châles et s'en allèrent chercher des femmes capables de conjurer le mauvais œil par leurs incantations. Dans beaucoup de maisons, les poêles se mirent tout d'un coup à répandre tant de fumée que, pour éviter l'étouffement, les gens durent jeter de l'eau sur le feu. Dans une maison, la suie s'enflamma et il fallut rapidement trouver une échelle pour que quelqu'un, grimpant sur la toiture glissante, pût enfoncer dans la cheminée des sacs et des chiffons mouillés. La plupart des gens toussaient et un peu partout il y eut des mains et des pieds gelés.

Dans la pièce où gisait Rabbi Benish l'assemblée se fit peu à peu moins nombreuse ; quand le dernier visiteur fut parti, la chambre ressemblait à une taverne que les clients viendraient de quitter. Depuis l'intervention du paysan les souffrances du rabbin n'avaient pas cessé d'augmenter. La chair de son bras malade avait enflé, devenait bouffie et comme huileuse ; il était brûlant. Tard dans la nuit Rabbi Benish commença à délirer. Il demanda à sa femme de lui payer les cent cinquante pièces d'or que son beau-père avait promises. Peu après, brusquement, il voulut savoir si son beau-fils qui était mort avait mangé au repas du soir. Cela parut un signe funeste, et toute la famille éclata en sanglots. Rabbi Benish ouvrit un œil, revint à lui momentanément et dit :

« Emmenez-moi à Lublin. Pour l'amour de Dieu ! Je ne veux pas être enterré dans le cimetière de Goray. »

Tôt le lendemain matin, un traîneau avec deux chevaux attendait devant la maison du rabbin. Rabbi Benish fut habillé et enroulé dans plusieurs couvertures et recouvert de bottes de paille entières. Grunam et la femme du rabbin l'accompagnaient. Même ses ennemis se rassemblèrent pour suivre le traîneau jusqu'au pont. Des femmes pleuraient en se tordant les mains, comme lors des obsèques. Une femme se jeta au-devant des chevaux, en hurlant d'une voix brisée :

« Rabbi, pourquoi nous abandonnes-tu ? Rabbi ! Rabbi ! »

Deuxième partie

1

Les Noces

C'était le jour des noces de Reb Itche Mates. Depuis trois jours, absorbé par une suite ininterrompue de mortifications, il n'avait même pas porté à sa bouche une cuillerée d'eau chaude. La nuit, sans se dévêtir, il s'obligeait à rester assis, les pieds dans un baquet d'eau froide, afin de se tenir éveillé, et il ne cessait de marmonner. Des journées entières il erra parmi les collines, enfonçant jusqu'aux genoux dans la neige, comme s'il cherchait quelqu'un dans les champs tout blancs et lumineux. Les bains froids avaient rendu sa voix rauque ; ses yeux étaient presque clos et éteints comme ceux d'un aveugle. Le jour de ses noces, il était couché sur le bat-flanc, dans sa petite chambre, chez Reb Gobel Chasid, entouré de ses fidèles qui guettaient chacune de ses paroles. Il y avait même un jeune kabbaliste qui notait tout ce que disait Itche Mates. — Les femmes vouaient tous leurs soins à Rechele.

Depuis qu'Itche Mates avait dû, comme futur marié, prendre place au pupitre pour lire dans le rouleau de la Torah, le jour du shabbat qui précéda les noces, Rechele n'avait plus donné signe de révolte. Elle écoutait docilement les instructions des femmes plus âgées. Elle était déjà au courant des lois qui concernaient la propreté féminine et avait tout appris dans les livres des femmes sur la pureté et la chasteté. Sur ses joues pâles, deux taches rouges étaient apparues et elles demeuraient. Chaque jour, pendant des heures entières, Chinkele la Pieuse instruisait Rechele de la morale, caressait sa tête et l'embrassait avec ses lèvres froides, comme si Rechele était son unique fille. La veille au soir, Rechele avait été amenée au bain rituel, pour la première fois. Comme toujours lors de la première visite d'une vierge, les musiciens la suivaient, en jouant un joyeux air de danse. Nombre de femmes accompagnaient Rechele, formant cercle autour d'elle, afin qu'elle ne fût pas contaminée en route par la rencontre d'un chien ou d'un porc. Des traîne-ruisseaux vulgaires crièrent sur son passage des grossièretés et des obscénités. Aux bains, Yite, l'assistante, prit Rechele en charge, la déshabilla, palpa ses reins et ses seins pour déterminer si elle pouvait être stérile. Avec grand soin, Yite coupa les ongles des mains et des pieds de Rechele, afin qu'il n'y eût pas d'obstacle à son immersion ; puis elle peigna ses longs cheveux avec un peigne en bois et, de crainte d'un abcès ou d'une callosité, examina à fond tous les endroits habituellement couverts du corps de Rechele. Des femmes aux crânes rasés, ou les cheveux tondus très courts, baigneuses qui avaient une longue pratique, flânaient, très à l'aise, tout à fait chez elles, entièrement nues, leurs seins pendant comme des masses de pâte, leurs fortes hanches et leurs ventres déformés par de nombreuses grossesses. Elles se dandinaient en rond, pataugeant familièrement dans les flaques entre les dalles, offrant leurs services à une Rechele emplie de confusion ; elles lui indiquèrent comment éveiller le désir de son mari et quels sortilèges employer pour concevoir des enfants mâles. Les très jeunes femmes que leurs petites têtes tondues faisaient ressembler à des moutons jouaient dans le bain comme des enfants espiègles ; elles venaient toucher, l'air incrédule, les longs cheveux de Rechele, puis se pourchassaient ; elles étaient pour la plupart frivoles. Dans un coin du bain, le guérisseur pratiquait les saignées, plaçait des sangsues et posait des ventouses. Le plancher était aussi ensanglanté que celui d'un abattoir. Une femme plus âgée parla grossièrement à Rechele et ce qu'elle dit à l'oreille de la jeune fille la fit rougir jusqu'à la racine des cheveux et presque défaillir de honte.

C'était le jour des noces, Rechele était assise sur une chaise ; ses pieds reposaient sur un tabouret ; elle lisait un livre. Ce jour-là elle jeûnerait et, dans l'après-midi, elle réciterait la confession de Yom Kippur, puisque tous les péchés de quelqu'un étaient pardonnés le jour de ses noces, comme ils l'étaient le jour de Yom Kippur. Ses lèvres minces étaient blanches ; son regard se perdait dans le lointain. Elle avait le teint livide et les traits tirés, comme après une longue maladie. Dans la maison, deux cuisinières faisaient diligence pour cuire le pain blanc et le gâteau de miel ; elles découpaient la pâte à brioches, trempaient des pinceaux de plumes dans l'huile et le jaune d'œuf, versaient du miel et broyaient des amandes avec un pilon. Le poisson et la viande avaient été apportés d'une ville voisine. Les grandes marmites fumaient tandis que les femmes remuaient l'écume avec des louches en bois ; puis elles goûtaient le bouillon pour s'assurer qu'il était savoureux. Elles avaient boulangé un long pain blanc et tordaient ses deux bouts amincis ;

c'est avec ce pain qu'elles iraient en dansant à la rencontre du couple des mariés, après la cérémonie ; le pain était orné des différents gages de bonheur : échelles, oiseaux, roues. Des couturières étaient assises sur le lit, mettant la dernière main à la robe de mariée en satin blanc et aux sous-vêtements. Les aiguilles jetaient des éclairs entre leurs doigts maintes fois piqués. Elles baissaient les yeux, attentives à leur travail, mais leurs jolies bouches souriaient sans cesse ; elles grimaçaient aux commérages continuels de leur aînée, une veuve. Partout, on pouvait voir de longues chemises à franges rouges dentelées aux ourlets, des taies d'oreillers brodées, et des sous-vêtements ornés de galons. La toile neuve crissait entre les mains des femmes, éblouissant leurs yeux, telle la neige de l'autre côté de la fenêtre. La maison sentait la cannelle, le raisin, et les préparatifs du festin qui marque la fin d'un jeûne.

Dans la soirée, les jeunes filles commencèrent à se rassembler dans la maison de Rechele. Le plancher fut saupoudré de sable jaune, et quelques chandelles furent allumées. Le guérisseur et son fils, qui grattaient leurs violons, étaient payés en bons pour chaque morceau. Rechele était assise dans son fauteuil de mariée, portant une robe de satin blanc et des bijoux d'emprunt. Autour de son cou était attachée une lourde chaîne en or. Ses oreilles s'ornaient de longs pendentifs noircis par le temps, avec leurs pierres ternies. Deux jeunes filles, presque des enfants encore, avaient pris place de chaque côté de Rechele. Elles devaient être ses demoiselles d'honneur, et il était de leur devoir de rester auprès d'elle et de la protéger. Depuis qu'on ne trouvait plus de bouffon à Goray, ce rôle était tenu par Doodie, un pauvre cordonnier borgne.

Effrayé et pâle, il se tenait à la porte, récitant en yiddish d'une voix rauque et comme mécanique ; ses manières étaient si ambiguës qu'il était impossible de dire s'il voulait faire rire les gens ou les apitoyer. Son œil intact restait fixe ; l'autre, avec sa tumeur, n'arrêtait pas de clignoter. Doodie imitait les lamentations des femmes ; il se cachait la figure dans ses mains sales et bêlait comme une chèvre. Les jeunes filles se poussaient du coude et pouffaient de rire. Elles exécutèrent d'abord la Danse Folle, puis la Danse des Ciseaux et la Danse de l'Eau, retroussant leurs robes comme pour enjamber une flaque d'eau. Étrangères, elles détournaient leurs yeux. C'était quelque temps avant de consentir à accepter les morceaux du gâteau au miel qui leur étaient dus ; elles goûtaient un seul petit fruit, choisi dans la confiture qu'on leur avait servie. Parce que le fou ne faisait guère de plaisanteries, quelques jeunes filles lui adressèrent des reproches ; d'autres se laissaient conter fleurette par le joueur, qui arborait une jaquette efféminée et un bonnet en peluche avec des oreillettes ; il n'en finissait pas de faire des réflexions vulgaires ; les jeunes filles le grondaient ou bien le désignaient du doigt, en se pâmant de rire.

« Le voyou ! » criaient-elles, et elles tombaient dans les bras les unes des autres.

Rechele couvrit ses yeux d'un mouchoir, en souvenir de son père, Reb Eleazar Babad, qui avait été tué sur les routes et n'avait pas même reçu une sépulture juive. Le remords la consumait ; elle n'avait pas pu se rendre sur la tombe de sa mère, à Velodova, pour l'inviter à ses noces, comme il convenait. Soudain les femmes se pressèrent les unes contre les autres : les hommes approchaient, escortant le marié qui venait pour couvrir la tête de l'épousée. On les entendait déjà dans l'escalier, et les jeunes filles essayèrent de fermer la porte devant eux. Mais la porte fut ouverte d'une violente poussée et les hommes entrèrent, ivres et pleins d'entrain. Aussitôt ils emplirent la maison. Jouant des coudes, ils refoulèrent les femmes sur un côté de la pièce, afin que Reb Itche Mates n'eût pas à traverser leur groupe ; ses compagnons lui frayèrent un passage aux cris de : « Femmes, rangez-vous de côté ! Laissez-nous passer ! Les jeunes filles, rentrez chez vous ! »

Comme c'est la coutume aux noces, quand la frivolité est admise, quelques jeunes femmes poussèrent des cris. Reb Itche Mates entra, vêtu d'un manteau de fourrure emprunté qui traînait sur le plancher ; il portait un chapeau noir rabattu sur les yeux. Avant de couvrir la tête de la mariée, il récita une prière interminable. Rechele se mit à pleurer une seule fois. Quand Itche Mates couvrit sa tête, une pluie de raisins et d'amandes tomba sur elle ; toutes les femmes sanglotaient et se mouchaient. Près de la porte, le fou se haussa sur la pointe des pieds afin qu'on le vît en dépit de sa petite taille, et il chanta sur un ton mélancolique :

Les haidamaks *nous ont massacrés et martyrisés*
Ils tuèrent de jeunes enfants, ils enlevèrent des femmes.
Chmielnicki fendait les ventres et y cousait des chats (à cause de nos péchés !)
Voilà pourquoi nous nous lamentons si fort et t'implorons,
Venge, Seigneur, le sang de tes saints massacrés !

Une femme s'évanouit soudain et on versa de l'eau sur elle ; un garçon qui suffoquait dans la foule hurlait de peur. Quelqu'un trébucha sur la cuve d'eau ; un autre cassa un vase. Et enfin le marié fut escorté jusqu'au dais nuptial, qui se trouvait entre la synagogue et l'ancien cimetière. Dans la cour de la synagogue, de nombreux monticules marquaient les tombes d'écoliers, morts en 1648, martyrisés par les *haidamaks* et les Tartares plutôt que de renier leur foi et d'être réduits en esclavage. En souvenir de ce jour funeste, le marié avait revêtu une robe blanche comme un linceul. Il s'était couvert de cendres l'endroit du front où d'habitude l'on place les phylactères. Accroupi sous le dais, Reb Itches Mates cachait ses yeux derrière un fichu. Les quatre hommes qui tenaient les montants du dais frottaient leurs pieds pour se réchauffer et soufflaient sur leurs mains. Malicieusement, un garnement piqua l'aiguille à tricoter de sa grand-mère dans les fesses du marié. Le marié ne bougea même pas et le garçon resta les bras ballants. Longtemps tout fut calme. Les vestiges d'anciens monuments apparaissaient par-delà la palissade délabrée qui entourait le cimetière ; leurs rangs successifs semblaient s'étager l'un par-dessus l'autre. Puis brusquement les flammes rouges et vacillantes des chandelles enrubannées approchèrent, et tout parut s'emplir de joie. Sur l'air d'une « marche du dais nuptial », jouée par le guérisseur et son fils, la mariée fut amenée. Des jeunes filles en blanc, portant des chandelles en cire, formaient deux rangs entre lesquels passait Rechele. Complètement voilée, elle boitait plus visiblement que d'habitude ; les demoiselles d'honneur devaient presque la traîner. Levi, le plus jeune fils de Reb Benish, celui qui appartenait à la secte de Sabbataï Zevi, était pâle, dans la crainte d'un châtiment parce que c'était lui et non Ozer qui occupait la place de son père ; le verre étroit tremblait dans sa main et le vin se répandit sur ses doigts, quand il entonna d'une voix gémissante :

« Sois béni, O Seigneur, qui nous as sanctifiés par tes Commandements... Qui as approuvé ceux parmi nous qui se sont mariés suivant le rite du dais et de la sanctification... Sois béni, O Seigneur, Créateur des hommes. »

2

Les Sept Jours de Bénédiction

Cela faisait maintenant trois nuits qu'ils avaient conduit le couple des jeunes mariés jusqu'au lit nuptial ; mais Rechele était encore vierge. Tôt chaque matin, après le départ de Reb Itche Mates pour la maison d'étude, les deux femmes qui avaient conduit la mariée passaient avec quelques autres matrones, aussi intéressées, pour constater si Rechele et son mari s'étaient mutuellement connus. Honteuse, Rechele se cachait sous le traversin, mais cela ne les embarrassait pas : n'était-elle pas une orpheline, sans mère pour s'occuper d'elle ? Et ainsi, elles la découvraient et examinaient avec soin son linge de nuit. Leurs figures s'empourpraient, tandis qu'elles accomplissaient pieusement leur tâche. Chaque jour, elles posaient la même question : « Eh bien, vous êtes-vous connus ? A-t-il couché avec toi ? »

Les corbeaux proclamaient déjà les nouvelles du haut des toits, à l'amusement des gens frivoles de Goray. Quant à Reb Itche Mates, il commençait à prier derrière l'âtre, dans l'étude, et il cachait son visage sous son châle, afin que ses prières ne soient pas troublées par les grimaces des gens de peu et des profanes. Les disciples de Sabbataï Zevi se rendirent compte qu'il fallait prendre des mesures, et Reb Gobel Chasid ramena Itche Mates à la maison afin de le nourrir d'ail grillé et de pois non salés : ces aliments devaient rendre un homme puissant. Rechele également reçut des conseils de Nechele, lui expliquant par quels moyens éveiller le désir d'un mari. Et pour sept nuits, comme c'était la coutume, les mariés furent accompagnés jusqu'à la chambre nuptiale, et tous attendirent avec espoir la consommation du mariage. Pendant cette période, — le temps des Sept Bénédictions, tous les membres de la secte se réunirent au repas du soir. Rechele portait encore sa robe de mariage blanche et ses bijoux, car elle était encore une fiancée. Elle restait assise timidement sur sa chaise, pendant que le cordonnier faisait des réflexions égrillardes pour mettre chacun en train. Reb Itche Mates portait une veste de satin. Son front était enfiévré, et il essuyait sans cesse la sueur de son visage avec son mouchoir de poche. Il touchait à peine aux plats posés devant lui, et tout ce qu'il mangeait il l'avalait avec dégoût. La nourriture semblait lui rester collée dans la gorge. Quand on évoquait les relations conjugales, il hochait la tête, et ses yeux morts clignotaient de peur.

« Oui... oui... naturellement », balbutiait-il.

Tous les après-midi, des jeunes gens étaient envoyés chez Reb Itche Mates, de jeunes mariés qui logeaient toujours chez leurs beaux-parents, afin de le distraire et l'empêcher de tomber dans la mélancolie. Ils se posaient des devinettes, jouaient à Chèvre et Loup, aux échecs et même aux dés.

Quelques-uns écrivaient d'une écriture fine et appliquée pour montrer leur instruction, d'autres pétrissaient de la mie de pain en forme d'oiseaux et de bêtes de toutes sortes. Ceux qui savaient chanter faisaient entendre leur voix, et les plus brillants trouvaient de nouveaux thèmes de *pilpul.* D'autres, qui étaient instruits des affaires du monde, parlaient des guerres passées, dont ils avaient lu les récits dans Flavius Josèphe ; ils racontaient aussi la conduite héroïque de riches seigneurs et de chevaliers, ainsi que du noble polonais Wisniewcki, l'ami des Juifs, qui avait fait empaler les *haidamaks* sur des pieux de bois. Ils se plaisaient à évoquer les grandes foires de Lublin, où l'on pouvait faire l'acquisition des volumes et des manuscrits les plus rares, aussi bien que d'objets précieux en or et en argent ; les hommes les plus riches de Pologne, de Lituanie, d'Allemagne et de Bohême y venaient chercher des époux pour leurs filles. L'un des jeunes gens apportait même son violon et jouait des mélodies valaques. Reb Itche Mates était assis parmi eux, las et étranger, jetant un regard oblique par-dessus leurs têtes. De temps en temps, il arrachait un poil de sa barbe, le tenait près de ses yeux, le fixait longuement et le déposait enfin soigneusement entre les pages du Zohar. Bientôt sa tête s'inclinait sur sa poitrine, et il somnolait, les bras ballants et le nez pâle et sans vie. Les visiteurs se levaient et riaient sous cape, derrière son dos. La nuit, quand les chefs importants de sa secte venaient pour escorter Reb Itche Mates jusqu'à sa chambre, ils le prenaient à part et l'entretenaient, à voix basse, lui faisant des reproches :

« Comment est-ce possible, Reb Itche Mates ? Être fécond et se multiplier, tel est le principe des principes ! »

Le lit nuptial se trouvait dans une chambre de la maison en briques à moitié démolie, appartenant à Reb Eleazar. Avant de se dévêtir, Reb Itche Mates lut les prières de Rabbi Judah le Pieux ; il y passa plus d'une heure. Ensuite, il se frappa la poitrine de ses poings maigres et, tout en versant des pleurs, il se confessa. Puis il fit d'innombrables fois le tour du lit. Rechele était couchée ; elle attendait, prête à l'accueillir par des paroles douces et amoureuses, comme elle l'avait appris des femmes. Dehors, des chiens hurlaient lugubrement ; après être restés un moment silencieux, ils recommencèrent, et l'on eût dit qu'ils gémissaient sur quelque crime affreux dont ils avaient été victimes. Rechele avait conscience que l'Ange de la Mort rôdait au-dehors. Le vent secouait furieusement les volets ; un souffle glacial balaya la chambre et la chandelle vacilla et s'éteignit ; l'obscurité et la fumée envahirent la pièce. Reb Itche Mates continuait ses litanies, tout en allant d'un coin à l'autre, comme s'il recherchait quelque objet. Rechele eut l'impression qu'il y avait quelqu'un à côté de Reb Itche Mates dans la pièce, une présence aérienne et terrifiante. Ses cheveux se dressaient d'épouvante et elle tira les couvertures sur elle. Enfin, silencieusement, Reb Itche Mates se coucha à côté d'elle. Son corps sentait l'eau du bain et le cadavre. Il réchauffa ses mains glacées entre ses seins, et ses poils hérissés la piquaient ; cependant il continuait à claquer des dents et son corps était agité de tremblements, au point que le lit en était secoué. Les genoux de Reb Itche Mates étaient osseux et durs et semblaient creux ; ses côtes saillaient, telles les douves d'un tonneau. Soudain il parla, d'une voix grave et rauque, puérilement mystérieuse :

« Vois-tu quelque chose, Rechele ?

— Non ! Qu'est-ce que tu vois, Itche Mates ?

— Lilith ! »

Reb Itche Mates poussa un cri et il sembla à Rechele que la vision lui plaisait.

« Regarde-la ! Avec ses longs cheveux comme les tiens. Nue. Sensuelle. »

Il continua de divaguer, en prononçant d'étranges demi-phrases, au sens obscur ou incompréhensible, comme s'il se moquait. Soudain, il se mit à ronfler, en émettant un long sifflement aigu.

« Itche Mates ! » cria Rechele.

Sa voix, bien qu'étouffée, contenait une menace.

« Eh... ?

— Es-tu endormi ?

— Uh...

— Pourquoi ronfles-tu si fort ? » demanda Rechele.

Itche Mates écouta, et les ronflements continuèrent, bien qu'il fût maintenant réveillé.

Rechele était terrifiée.

« Itche Mates ! cria-t-elle, en se détournant de lui. Je suis malade. Cesse de me faire peur ! »

Il ne put dormir de toute la nuit. Il sauta du lit et se mit à se laver les mains ; puis il aspergea le plancher avec de l'eau, sans cesser de murmurer des prières ni de renifler. Vers l'aube, il se posta à la fenêtre et, à travers les fentes des volets, il guetta les premières lueurs du jour. Au premier signe de l'aube, il s'habilla et quitta la maison. Alors seulement Rechele s'endormit. Tourmentée par des cauchemars, elle vit son père couché dans un champ, les yeux crevés, et entouré d'une nuée de vautours. L'Oncle Reb Zeydel Ber apparut également à Rechele. Il portait un linceul taché de sang, brandissait un long couteau de boucher et s'écriait avec colère : « Tes jours sont comptés ! Descends, Rechele, descends dans le noir tombeau ! »

Au matin, quand Rechele se leva, elle était changée, comme par l'effet d'un mal mystérieux. Il lui semblait que la nuit avait été plus longue que ne l'étaient les nuits habituellement. Elle ne put en aucune façon se rappeler ce qu'elle avait rêvé, ni ce qui lui était arrivé. Sa tête était lourde et ses cheveux lui faisaient mal comme si on les avait tirés ; elle avait des cernes noirs sous les yeux, et son corps était couvert de bleus. En se raidissant, elle se dirigea vers le poêle et frotta les pierres l'une contre l'autre jusqu'à ce qu'enfin la mèche prît feu. Puis elle posa une marmite sur le trépied, mais si grande était sa distraction que le repas brûla. Reb Itche Mates revint de la synagogue au milieu du jour ; il avait noué une écharpe autour de ses reins et marchait courbé sous le poids du grand sac de prière qu'il portait. Il retira un peu de pain sec de la huche, puis il se lava les mains et les essuya sur le pan de son caftan. D'abord il trempa le petit morceau de pain dans du sel, le secoua, puis le mit de nouveau dans le sel. Il opéra ainsi par trois fois. Ensuite il frotta une gousse d'ail sur la croûte. Son repas terminé, il inclina le front contre le coin de la table, et somnola pendant un quart d'heure, tandis que ses épaules étaient agitées de convulsions. Soudain il s'arracha de lui-même à son sommeil. Il avait une marque rouge sur le front, et ses yeux avaient une expression figée et vague. Rechele lui parla, mais il ne sembla pas s'apercevoir de sa présence et ne répondit rien. Puis il se leva, baisa par trois fois la mezuzah fixée au montant de la porte, et s'en alla de nouveau, jusqu'au soir...

Quand le septième des Sept Jours de la Fête du Mariage fut écoulé, Rechele était toujours vierge.

Les jeunes femmes en parlaient dans les boutiques et plaignaient Rechele qui, d'après elles, avait eu « la tête taillée sans l'aide d'un couteau ». Tous croyaient que le couple avait été ensorcelé et que cela l'avait empêché de consommer le mariage. On chercha des nœuds dans les franges du châle de Rechele, et l'on examina les plis de sa robe pour en chasser toute trace de sorcellerie. On jeta hors de la maison tous les balais qui s'y trouvaient et on les fit brûler. La literie de la couche nuptiale fut enfumée ; et on accrocha des amulettes dans chaque coin, pour chasser les mauvais esprits. Après l'avoir emmené seul au bain, les hommes examinèrent Reb Itche Mates, et ils cherchèrent les signes de son impuissance...

Et les vauriens attablés à l'auberge, ceux qui se moquent de la Loi et de l'Ordre, trouvèrent un surnom pour Reb Itche Mates. Ils l'appelèrent « le hongre ».

3

Reb Gedaliya

Quelque temps avant la Fête des Purim arriva à Goray un émissaire porteur d'alarmantes, sinon confondantes nouvelles.

Sabbataï Zevi, rapporta-t-il, après s'être révélé, avec l'aide de Dieu, comme le Messie, était parti pour Istanbul afin de revendiquer la couronne du

Sultan qui régnait sur le pays d'Israël. Ce n'était pas la force de son armée qui avait assuré la victoire à Sabbataï Zevi : il la devait à la puissance des seigneurs et des prophètes qui l'accompagnaient, venus de l'autre rive du fleuve Sambation, à dos d'éléphants, de léopards et de bœufs. Sabbataï Zevi lui-même (loué soit son nom !) les précédait, monté sur un lion sauvage ; il portait des vêtements de pourpre ornés de fils d'or et d'innombrables pierres précieuses qui brillaient dans l'obscurité. Une ceinture rehaussée de perles entourait ses reins. Sa main droite tenait un sceptre, et son odeur était celle du Jardin d'Eden.

La mer s'ouvrit devant lui, comme elle avait fait au temps jadis pour notre Maître Moïse (la paix soit avec lui !) ; et il avança sur la terre sèche, au milieu des eaux, lui et ceux qui étaient avec lui. Une colonne de feu le précédait pour le guider et des anges volaient derrière lui en chantant des hymnes à sa louange.

D'abord, les rois et les princes du monde entier avaient envoyé contre Sabbataï Zevi des armées de géants qui brandissaient leurs épées nues, dans l'intention de s'emparer de lui. Mais une grêle de grosses pierres était tombée du ciel, suivant la prédiction faite pour le jour de Gog et de Magog, et tous les géants avaient péri. Le monde était frappé de stupeur. Le peuple de Judée était désormais tenu en haute estime. Des princes et des rois venaient les honorer et se prosternaient devant eux. Ciel et Terre seraient en liesse, le jour où Sabbataï Zevi ferait son entrée dans Istanbul. Le Temple Saint serait restauré, les Tables de la Loi réintégreraient l'Arche Sacrée, et un Grand Prêtre pénétrerait dans le Saint des Saints. Sabbataï Zevi, le Rédempteur, régnerait sur le monde entier...

Le porteur de ces nouvelles n'était pas un personnage quelconque, ni un voyageur ordinaire : c'était Reb Gedaliya, le boucher rituel de Zamosć, un homme hautement estimé, à la réputation irréprochable. Reb Gedaliya était grand, imposant, avec un gros ventre et une nuque plissée. Il était vêtu d'une veste de castor, recouverte de soie, et coiffé d'un chapeau noir. Sa large barbe noire en éventail descendait jusqu'à sa ceinture ; sa chevelure bouclée tombait sur ses épaules. Le nom de Reb Gedaliya était célèbre dans la secte de Sabbataï Zevi, car il était connu comme kabbaliste ; c'est parce qu'il croyait en Sabbataï Zevi qu'il avait dû quitter sa ville natale. Reb Gedaliya était venu à Goray pour rallier les croyants — peut-être aussi pour reprendre la charge de boucher, restée vide à Goray depuis 1648. On pouvait acheter à bon compte des bêtes et de la volaille dans les villages voisins, et tous les habitants de Goray étaient impatients d'avoir de la viande.

Levi, qui occupait à présent la chaire rabbinique que son père avait laissée vacante, conduisit respectueusement Reb Gedaliya dans la maison d'étude, lui offrit une place contre le mur de l'Est et enjoignit à sa secte d'organiser une fête en l'honneur du visiteur illustre.

L'aubergiste, qui appartenait à la confrérie, apporta une barrique de vin acide qui avait reposé dans sa cave pendant plus de cinquante ans ; Nechele offrit des brioches, des noix de beurre et de la confiture. Les invités chantèrent les hymnes du nouveau Messie, ceux-là mêmes qu'il avait entendus au paradis. Reb Gedaliya se versa avec dextérité du vin dans une grande coupe d'argent ; il enfonça ses énormes mains poilues dans sa ceinture brodée, et se mit à conter beaucoup d'événements propres à répandre la joie dans les cœurs.

Il raconta comment, sur la grande mer Germanique, des Juifs et des Chrétiens avaient vu en même temps un navire dont les voiles et les cordages étaient en soie blanche. Les marins parlaient la langue sacrée, et sur le pavillon du bateau étaient écrits ces mots : « Les Douze Tribus d'Israël ». A Izmir, pendant trois jours de suite, une voix descendue du Ciel avait crié :

« Ne touchez pas à mon Messie Sabbataï Zevi ! »

Le jeûne du Dixième Jour de Tebet était devenu jour de réjouissances. En quelque lieu que parvînt le testament du Messie, les gens mangeaient de la viande, buvaient du vin et soufflaient dans la corne du bélier. Dans les grandes communautés de Hambourg, d'Amsterdam et de Prague, tous les Juifs — les hommes comme les femmes — dansaient dans les rues, tenant les rouleaux de la Torah, ornés de couronnes et de pierres précieuses. Des musiciens jouaient, battaient le tambour, faisaient sonner les cloches et marchaient précédés d'un dais blanc. Le jour du shabbat, les prêtres bénissaient les congrégations, comme au temps jadis, quand le Temple Saint existait encore ; et trois fois par jour le chantre entraînait la congrégation en chantant le début du psaume :

« O Seigneur, dans ta puissance le Roi se réjouit... »

Dans chaque pays, de nouveaux prophètes apparaissaient. Des hommes du commun, — même des jeunes filles et des Chrétiens — se jetaient par terre et proclamaient très haut que Sabbataï Zevi, l'oint du Seigneur (béni soit-Il !), était venu pour racheter les élus de Dieu, les enfants d'Israël. Des pécheurs, qui jusqu'alors avaient ouvertement renié Dieu et encouru sa colère, s'étaient repentis et ils allaient de ville en ville, revêtus de toiles de sacs, en signe d'expiation et s'adressaient à la foule pour confesser leurs péchés. De riches convertis abandonnaient leurs biens et, prosternés aux pieds des rabbins, plaidaient leur cause afin d'être réadmis dans le giron de la congrégation. On était en train de rebâtir Jérusalem, qui se dressait de nouveau dans toute sa splendeur passée. Dans de nombreuses villes, on ne connaissait plus la mort.

Reb Gedaliya dit bien d'autres choses encore, et plus il parlait, plus les visages de ses auditeurs s'enflammaient, plus la foule devenait nombreuse et pleine d'allégresse. Nechele et les autres femmes qui servaient l'invité d'honneur versaient des larmes de joie et s'embrassaient. Les hommes écoutaient de toute leur attention pour ne pas perdre un mot. Ils se tenaient épaule contre épaule, marmonnant chacun pour soi et tremblaient à la pensée des grands jours qui allaient venir.

En jouant des coudes, Reb Gobel Chasid chercha à se frayer un passage parmi la foule, pour regarder Reb Gedaliya de près ; il fut soulevé, et ses pieds ne touchaient plus le sol. Un garçon s'évanouit et il fallut le transporter au-dehors. Le regard des jeunes gens était illuminé par un enthousiasme sacré ; leurs papillotes tremblaient et des gouttes de sueur coulaient sur leurs fronts. Bien que Levi eût pris des mesures sévères, afin que la fête ne fût pas troublée et que seuls y fussent présents les membres de la secte, les gens de Goray avaient appris l'arrivée du nouveau venu. Garçons et filles assiégeaient les fenêtres de la maison d'étude ; les gens se marchaient dessus, si grande était leur impatience d'entendre le message de l'étranger. Reb Gedaliya posa ses bras sur les épaules de deux jeunes gens, grimpa sur la table et se tourna vers la porte où la foule s'était rassemblée. Sa figure robuste et ses paroles chaleureuses lui gagnèrent immédiatement toutes les sympathies.

« Ne poussez pas, mes frères ! criait-il d'une voix bienveillante et paternelle. Je reste avec vous. Si Dieu le veut, nous nous réjouirons souvent ensemble. »

La vie semblait être devenue plus gaie, à Goray, depuis l'apparition de Reb Gedaliya. En dépit du froid la journée était ensoleillée. Les hauteurs enneigées qui entouraient Goray reflétaient le soleil ; dans l'aveuglante réverbération, terre et ciel semblaient miraculeusement se rejoindre. L'air sentait la Pâque, le salut et la consolation. Dès qu'ils apprirent qu'un boucher était arrivé dans la ville, les messagers des villages ne perdirent pas une minute pour annoncer partout aux alentours l'achat de veaux et de volailles.

Dès le lendemain matin, la ville résonnait du meuglement des vaches et du caquetage des oies et des poules. Bouillon et rôtis firent de nouveau leur apparition sur les tables. De leur garde-manger, les femmes retiraient des planches à salaison, des récipients pour tremper la viande, des louches à écumer et des hachoirs. De nouveau, elles se retrouvèrent chez le boucher autour des billots fendus, qui étaient restés inutilisés depuis bien des années. Elles entouraient les aides du boucher, occupés à fendre les os à moelle avec des tranchoirs, ou à découper les poumons, le foie et les intestins. Une peau sanglante était déjà suspendue à une clôture, pour sécher dans le vent. Même les Gentils étaient contents : désormais, les bas morceaux et les déchets allaient être vendus à bas prix. Dans la maison d'étude, où Reb Gedaliya vint pour prier, le troisième jour après son arrivée, on constata qu'il ne récitait pas les prières, mais qu'il les cantilait. Trois couronnes dorées ornaient son châle de prière de Turquie ; sa cape était piquée d'argent, comme celles que l'on porte le jour de Yom Kippur. Sa boîte de tabac à priser était en os ; le fourneau de sa pipe était en ambre ; et une blague en argent contenait son tabac. Il pinçait affectueusement les joues des enfants et faisait leur éloge devant leurs pères. Pour les gens instruits, il avait appris des commentaires ; les gens simples étaient charmés par ses plaisanteries. Après les prières, il envoya chercher un flacon d'eau-de-vie et un gâteau au miel. Il découpa lui-même le gâteau avec un petit couteau à manche de nacre, et en distribua les tranches à chacun, suivant son âge et sa situation ; il les appelait par leur nom et il n'oublia personne. Il tendit sa main pleine et chaude et souhaita à l'assistance « de se retrouver bientôt à Jérusalem, à la porte du Temple Saint ».

Reb Gedaliya fut le bienvenu auprès des gens de Goray ; il raffermit leur moral déclinant. Son arrivée était le signe que la ville allait se relever. La secte de Sabbataï Zevi, conduite par Levi, oublia immédiatement le mélancolique Itche Mates et se donna pour chef Reb Gedaliya. Nechele, la femme du rabbin, fit son éloge dans la partie de la synagogue réservée aux femmes et incita celles-ci à lui adresser des friandises du shabbat. Même les vieux habitants conservateurs de Goray, adversaires de Sabbataï Zevi, ne manifestèrent pas ouvertement leur opposition à Reb Gedaliya ; parce qu'eux aussi, ils appréciaient une cuillerée de bouillon et un morceau de viande, ils affectèrent de fermer les yeux et de se boucher les oreilles. Reb Mordecaï

Joseph frappa de sa béquille le sol de la maison d'étude, brandit son poing gauche et s'écria :

« Reb Gedaliya est un saint homme ! Un juste ! Et les justes sont éternels ! »

4

Les réjouissances à Goray

Reb Gedaliya accomplissait des miracles. Il n'était pas de maison où l'on ne louât sa sagesse et ses talents. Il avait apporté un fichu sur lequel était brodé le nom de Sabbataï Zevi. Quand on le posait sur le ventre des femmes en couches, leurs douleurs cessaient immédiatement. Le vénéré Rabbi Michael de Nemerov lui avait remis des perles magiques et des pièces de monnaie que le contact d'innombrables doigts avait rendues lisses. Il savait comment confectionner des onguents contre la teigne, et des pilules contre la menstruation excessive. Depuis son arrivée à Goray, Reb Gedaliya avait sauvé beaucoup d'âmes. Avec ses amulettes, il conjurait les mauvais esprits d'une maison où ils avaient séjourné et s'étaient multipliés depuis des années ; il rendit également la parole à un enfant qui avait été terrorisé par un chien noir. La piété et le savoir de Reb Gedaliya étaient célèbres.

Levi, encore jeune, n'avait pas l'habitude des tâches imposées par une congrégation, et Reb Gedaliya devint le véritable chef de Goray. Son autorité s'exerçait dans tous les cas difficiles et il s'occupa personnellement de satisfaire les exigences spirituelles de la communauté. Avec Levi, il visita le moulin et le déclara digne de moudre le blé de la Pâque ; il examina les spécimens de grains, et, muni d'un sac, il alla de maison en maison quêter au nom des indigents. Depuis que Goray était devenue une ville, les riches n'avaient jamais autant donné aux pauvres. Reb Gedaliya s'imposa aux riches par sa facilité d'élocution et les enchanta avec ses grandes manières. Deux semaines avant les jours de fêtes, les gens de Goray commencèrent à cuire au four du pain azyme. Reb Gedaliya tira lui-même du puits le premier seau d'eau qu'il serait permis d'utiliser le lendemain ; il apprit aux garçons boulangers comment pétrir la pâte proprement, aux porteurs d'eau comment verser l'eau, aux perceurs de trous comment percer des trous. Il roulait même les manches de sa veste et, recouvert de farine, il se tenait à côté de la table, près des femmes. Il poussait le pain azyme dans le four avec la longue pelle en bois. Tout différent de Rabbi Benish, sans colère ni rudesse, Reb Gedaliya surveilla la préparation des matzoth, toujours joyeux et aimable. Il serrait constamment une longue pipe entre ses lèvres charnues et surveillait tout ce qui se passait. Les femmes plus âgées le comblaient de bénédictions et disaient que la Présence Divine était sur lui. Les jeunes femmes et les jeunes filles rougissaient et devenaient plus zélées. En riant, Reb Gedaliya montrait les grosses dents jaunes de sa bouche, et s'écriait :

« Vite, les enfants ! L'an prochain nous mangerons des matzoth en Terre d'Israël ! Ce sont les anges qui les prépareront ! »

Le jour du Grand Shabbat, avant la Pâque, après

l'intervention de Levi, Reb Gedaliya prêcha un sermon dans lequel il multipliait conseils et consolation. Il rappela à la congrégation que les jours de l'exil étaient comptés et avertit l'assistance que les dernières âmes qui devaient venir au monde attendaient sous le Trône de Gloire. Il fit reproche de ce que tant de jeunes gens et de jeunes filles étaient encore célibataires : pareille négligence du principe de fécondité ne manquerait pas de retarder leur rédemption. Il démontra, en se référant à la Kabbale, que toutes les lois écrites dans la Torah et dans le Shulchan Aruch renvoyaient au commandement d'être fécond et de se multiplier ; quand les Derniers Temps seraient venus, non seulement l'anathème lancé par Rabbi Gershom contre la polygamie serait nul et non avenu, mais aussi tous les sévères « Tu ne dois pas ». Toute femme pieuse serait alors aussi pure qu'Abigaïl et ne connaîtrait plus de règles mensuelles — car le sang impur vient du Malin. Les hommes seraient autorisés à connaître d'autres femmes ; de tels accouplements seraient même considérés comme l'accomplissement d'un devoir religieux : chaque fois, en effet, qu'un homme et une femme s'unissent, ils forment une combinaison mystique et favorisent l'union du Saint (béni soit-Il !) et de la Présence Divine.

Reb Gedaliya développait tous ces thèmes d'une façon plaisante, en recourant à de nombreuses paraboles ; il récitait de mémoire des passages entiers du Zohar et d'autres ouvrages de la Kabbale, et ornait son discours de combinaisons et de permutations mystiques. Plusieurs fois il leva son regard vers la galerie des femmes, qui était plus remplie qu'elle n'avait jamais été. On savait bien que les femmes regardaient Reb Gedaliya avec sympathie.

Quelques jours avant la Pâque, les paysans

amenèrent à Goray une grande abondance de bêtes et de volailles. Celles-ci pouvaient être acquises à très bon prix, et Reb Gedaliya avait demandé que l'on ne lésinât pas sur la dépense : la Pâque prochaine serait la dernière avant la Rédemption. Depuis le matin très tôt jusque tard la nuit, il se tenait devant une fosse remplie de sang et, avec son long couteau de boucher, il taillait inlassablement dans les gorges chaudes et gonflées, tuant d'innombrables veaux et moutons, poules, oies et canards. Le mois de Nisan approchait, doux et ensoleillé. Des collines qui entourent Goray, les dernières traces de neige disparurent. Les rigoles profondes qui traversaient la ville jusqu'à la rivière débordèrent ; elles inondaient toutes les pentes et même les planchers des maisons. Les flaques reflétaient des lambeaux de ciel ; la plus légère brise les couvrait de rides, et elles devenaient alors troubles comme des eaux profondes. Des écoliers couraient nu-pieds. Les paysannes qui venaient à Goray pour vendre des œufs et du raifort relevaient haut leurs robes et pataugeaient de leurs pieds nus. Çà et là, les premières touffes d'herbe poussaient. Une foule bruyante remplissait la cour où Reb Gedaliya était en train de tuer. Des ménagères et leurs filles, couvertes de suie, les manches roulées, brossaient vigoureusement tables et banquettes en l'honneur du jour de fête ; elles les astiquaient avec des cendres, et les raclaient au couteau, avec un acharnement tel que le bruit écorchait les oreilles. Elles faisaient chauffer de l'eau dans une bouilloire et nettoyaient les pots et les couverts. A même leurs doigts nus, elles transportaient, en se brûlant, des morceaux de charbon ardent et les jetaient dans l'eau, où ils s'éteignaient en sifflant. Reb Gedaliya était entouré d'une foule dense de femmes et de jeunes filles. Les plumes volaient au-dessus de leurs têtes, comme de la neige, avant d'être emportées dans des nuages de vapeur. Les femmes se poussaient et se querellaient ; de tous côtés, des mains se tendaient, s'élevant au-dessus de la foule compacte. Des ailes voletaient et battaient, du sang giclait, souillant visages et vêtements. Penché sur la souche d'un vieil arbre, Red Gedaliya recevait la monnaie à l'allure habituelle ; il plaisantait constamment, car il détestait la tristesse ; c'est dans la joie qu'il entendait servir Dieu.

Son Seder avait lieu dans la maison d'étude, où le rejoignirent les autres membres de la secte de Sabbataï Zevi. Il prit place au haut bout de la table, vêtu d'une chemise blanche et coiffé d'une grande mitre. Sa barbe et ses papillotes étaient peignées et gardaient l'humidité du bain. Les flammes des chandelles se reflétaient sur les calottes brodées d'or, sur les coutures de satin des manches, sur les verres polis et dorés et sur les bijoux des femmes. Celles-ci avaient pris place à côté des hommes, comme l'avait demandé Reb Gedaliya. Elles mêlaient le pain azyme avec les viandes, les beignets avec les crêpes, et tous les convives mangeaient et buvaient ensemble, comme les membres d'une même famille. Reb Gedaliya, qui était veuf — il avait enterré sa quatrième femme —, se penchait en arrière, à l'aise sur sa chaise rembourrée ; il pria tous les garçons de poser les Quatre Questions ensemble ; de plus, il permit que l'on bût plus que les quatre gobelets de vin prescrits. Au nombre des convives du Seder de la maison d'étude se trouvait Reb Itche Mates et sa femme Rechele. Reb Gedaliya plaça Rechele à sa droite et il lui parla de la femme du Messie, Sarah, qui éblouissait les rois par sa beauté. Il lui apprit confidentiellement que Sarah avait été jadis pensionnaire d'un lupanar à Rome. Il s'adressait à Rechele avec courtoisie, comme si elle faisait partie de la secte.

« Rechele, dit-il, les anges et les séraphins sont jaloux de votre noble esprit. La racine de votre nom est Rachel, et votre beauté égale celle de Rachel. »

A partir de cette nuit-là, les réjouissances, à Goray, ne connurent plus de fin.

Les premier et second jours de la Pâque, tout homme qui venait près du dais pour réciter la bénédiction de la Torah fut invité à ajouter une bénédiction spéciale pour Sabbataï Zevi, tandis que le chantre psalmodiait :

« Puisse Celui qui vint au secours de Son royaume, bénir et protéger, secourir et exalter, glorifier et magnifier, notre Maître, le rabbin sacré et saint, en qui réside notre salut, Sabbataï Zevi, le Messie du Dieu de Jacob. »

Entre les prières du matin et celles de l'après-midi, Reb Gedaliya fit un sermon pour recommander aux gens de Goray de débarrasser leurs maisons des chiens, des chats et des autres bêtes impures. L'après-midi, après la fête, on dansa dans la cour de la synagogue : hommes et femmes, ensemble, tournèrent en rond. Des écoliers sautaient comme des cabris et chantaient :

« Les blanches colombes lissent leur plumage. Le Messie a été vu ! »

Des hommes vigoureux portaient le boiteux, Reb Mordecaï Joseph, sur leurs épaules ; des jeunes gens tourbillonnaient de tous côtés et se livraient à toutes sortes de facéties. Même des Gentils vinrent voir les Juifs s'amuser. Dans l'intervalle des jours de fête, on établit des contrats de mariage et l'on cassa des assiettes, pour forcer la chance, dans les maisons où se trouvait une fille âgée de plus de huit ans. Peu après la Pâque, de nouveaux récits des prouesses de Sabbataï Zevi se répandirent dans Goray.

On disait que les Turcs, à Istanbul, avaient tenté de s'emparer de Sabbataï Zévi, et qu'il s'était réfugié dans la forteresse qui lui était destinée, depuis les Six Jours de la Création, après avoir tué tous ses ennemis. Il avait sacrifié la victime pascale et l'avait fait rôtir dans la graisse ; Sarah, la femme du Messie, était assise sur le trône du Sultan, tandis que des califes et des pachas la servaient. Des étudiants et de saints hommes avaient baisé ses pieds et avaient entendu ses lèvres leur dévoiler les mystères de la Torah. Ceint de la couronne du Roi David, Sabbataï Zevi avait été entouré par les Pères, qui s'étaient levés de leurs sépulcres, dans la grotte de Machpelah. Tous les jours, Sabbataï Zevi se rendait au bord de la mer pour recevoir les potentats qui arrivaient, sur leurs voiliers, des pays situés au-delà du fleuve Sambation : ils apportaient des pièces d'or et des pierres précieuses, présents du roi des Dix Tribus. Cinquante chevaliers précédaient le Messie ; des chanteurs l'escortaient en chantant ses louanges et en glorifiant le Tout-Puissant. La terre s'entrouvrait au son de leurs voix...

Les adversaires de Sabbataï Zevi étaient réduits au silence. Certains commençaient maintenant à croire en lui ; d'autres, par crainte des persécutions, ne disaient rien. Dans la maison d'étude, les jeunes gens se penchaient sur les détails de la construction du Temple Sacré, et ceux qui descendaient de prêtres s'instruisaient sur les offrandes et sur l'aspersion de l'autel par le sang des sacrifices. Dès que la nuit tombait, des présages en lettres de feu apparaissaient dans le ciel. Un soir, Rechele, qui regardait son potage, aperçut sept vierges avec des couronnes d'or sur leurs têtes, et entendit les doux accents d'une mélodie surnaturelle. Elle ne révéla son secret à personne, mais elle partit aussitôt en faire part à Reb Gedaliya.

Reb Gedaliya se trouvait par hasard tout seul dans la maison. Une chandelle brûlait dans un chandelier d'argent ; sur la table était posée une cruche de vin ; un plat d'argent contenait un poulet rôti. Avant que Rechele pût parler, Reb Gedaliya se leva et courut à sa rencontre, les bras ouverts, en s'écriant :

« Bienvenue, ô femme vertueuse, au nom de Dieu ! En vérité, je connais tout ! » Et il referma la porte derrière elle.

5

Les prophéties de Rechele

A minuit, le quatorzième jour du mois de Sivan, au début de juin, Rechele était couchée dans son lit à baldaquin après un jeûne de pénitence (Reb Itche Mates avait passé la nuit dans la maison d'étude), lorsqu'elle entendit son nom semblable à un souffle du vent ou à un battement d'ailes. Une lueur rouge éblouissante l'environnait ; des flammes semblaient engloutir la maison, et une voix l'appelait :

« Rechele, Rechele !

— Parle, pour ta servante qui prête l'oreille »,

répondit Rechele, qui avait étudié la Bible et se rappelait l'histoire du jeune Samuel et d'Eli le Prêtre.

« Rechele, sois forte et courageuse ! Je suis l'Ange Sandalfon ! dit une voix terrifiante. Car, vois-tu, je verserai tes larmes dans une gourde et les porterai en haut du Trône de Gloire. Tes prières et tes supplications ont franchi les sept firmaments. Va, et proclame aux oreilles de ceux qui tremblent devant la parole de Dieu que l'entière et parfaite rédemption aura lieu au prochain jour de l'An. Et à Reb Gedaliya, le saint homme, tu peux annoncer : tous les mondes supérieurs tremblent à cause des unions qu'il provoque. Le pouvoir de ses combinaisons est ressenti jusque dans les palais célestes. De ces combinaisons, des séraphins et des anges tressent des couronnes pour la Divine Présence. »

Toute la nuit, la voix appela Rechele, sans interruption, tantôt dans la langue sacrée, tantôt en yiddish. L'air était lourd de fumée et d'une lumière pourpre, incandescente et spectrale. Rechele sentait que les murs s'écartaient, que le plafond s'effaçait, et que la maison entière planait au-dessus des nuages. La frayeur la faisait défaillir ; elle restait couchée, inerte, les yeux vitreux, bras et jambes écartés, et insensibles comme les membres d'un cadavre. Quand se leva l'étoile du matin et que le coq se mit à chanter, la voix cessa de parler. Mais Rechele ne bougea pas jusqu'au lever du soleil. Alors seulement elle s'éveilla et reprit ses esprits. Ses oreilles résonnaient encore du son de la voix ; les larmes mouillaient encore ses joues, et son corps restait étrangement froid, comme au retour des frontières de la mort. Malgré tout, elle quitta son lit, les jambes tremblantes, et se lava au tonneau plein : elle baigna ses seins et ses cuisses, comme si elle accomplissait un rituel. Puis elle revêtit ses vêtements de shabbat, mit ses bijoux, et, le visage couvert d'un voile, elle se rendit dans la cour de la synagogue. Ceux qui la rencontraient s'étonnaient de la voir ainsi vêtue. Les uns croyaient qu'elle était sous l'influence d'un esprit malfaisant. D'autres la suivirent pour voir ce qui allait se passer, car ils avaient soudain l'intuition qu'il ne s'agissait pas d'un événement banal. A peine Rechele eut-elle franchi le seuil de la maison d'étude qu'elle tomba la face contre terre. Bien qu'ils fussent en prière, les fidèles virent Rechele tomber et les Dix-Huit Bénédictions furent interrompues. Reb Gedaliya, qui était en train de remettre ses phylactères dans leur étui d'argent, fut si ébranlé qu'il les laissa choir. Quelques hommes s'approchèrent de la jeune femme, dans l'intention de lui venir en aide, car ils la croyaient victime de quelque mal naturel. Mais brusquement une voix sortit de la bouche de Rechele et retentit entre les murs :

« O Juifs ! Heureux vous êtes et heureuses sont vos âmes ! J'ai eu la vision d'une grande lumière. A minuit, le grand et terrible Ange Sandalfon m'a visitée. Il m'a annoncé des choses merveilleuses. Au moment de la nouvelle année, le bonheur se répandra sur nous, car les fidèles qui craignent Dieu seront réunis à Jérusalem. Soyez forts et ayez du courage, ô Juifs, et ordonnez un jeûne. Quant au saint homme, Reb Gedaliya, l'Ange a déclaré : « Pour lui le temps est venu où il doit être révélé. Car il est un homme divin et digne, comme Elie, de contempler la face de la Divine Présence. »

Rechele parlait d'une voix entrecoupée et saccadée, comme si elle était plongée dans son sommeil ; mais le volume de ses paroles était tel que l'écho pouvait en être perçu à travers la ville. Et les gens de Goray accoururent. Les boutiquiers désertèrent leurs boutiques, les artisans s'élancèrent au-dehors avec leurs tabliers en cuir autour des reins ; des femmes abandonnèrent des nourrissons dans leurs berceaux et coururent, à perdre haleine, vers la maison d'étude. Des jeunes gens et des jeunes filles grimpèrent sur les tables, s'agrippèrent aux étagères à livres, se juchèrent sur les murs, pour voir ce qui se passait. Des plaisantins s'introduisirent dans la maison d'étude par la fenêtre, et l'un d'entre eux heurta par mégarde le candélabre en cuivre : une clameur furieuse retentit, car il risquait de tomber et de provoquer une catastrophe. A l'annonce de la nouvelle, une vieille paralytique assise auprès de son rouet revêtit son manteau et courut pour voir la prophétesse. Mais la confusion était si grande que personne ne remarqua ce miracle. Pendant ce temps, Rechele, étendue sur le sol, bras et jambes écartés, révélait mystères sur mystères — ce que jamais aucun fils d'homme n'avait entendu, et encore moins une femme. Elle nommait les anges et les séraphins, énumérait les palais célestes et les seigneurs qui régnaient dans chacun d'eux ; les passages hermétiques du Livre de Daniel, si déconcertants pour des esprits simples, elle en dévoilait la signification. Il fut évident à tous que l'esprit de prophétie habitait Rechele. Il y en eut qui s'évanouirent. Un frémissement parcourait la foule, car jamais personne à Goray n'avait prophétisé ainsi, et l'on interpréta le fait comme une preuve que Dieu avait eu pitié de sa congrégation et que les Derniers Temps étaient proches.

Reb Gedaliya se pencha sur Rechele, écoutant la voix et tremblant de crainte ; il fallait que deux hommes robustes le soutinssent, car ses jambes se dérobaient et il était comme secoué par la fièvre. Ce fut seulement lorsque Rechele resta étendue comme morte que Reb Gedaliya fit un geste pour saisir un châle de prière afin de couvrir son visage. Puis il la prit dans ses bras et l'emporta vers l'estrade.

Dans la maison d'étude, les témoins étaient si serrés, qu'il n'y avait pas même place pour une épingle. Toutefois, la foule s'écarta sur le passage de Rechele, comme si elle était la Torah sacrée. Quelques-uns la touchèrent même du bout de leurs doigts quand elle passa ; puis ils portèrent leurs doigts à leurs lèvres, comme lorsqu'un rouleau est retiré de l'Arche. Le soulier gauche de Rechele tomba, et Reb Gobel le souleva comme il eût fait d'un vase sacré. Reb Gedaliya déposa Rechele sur la table de l'estrade et ordonna que des chandelles fussent allumées dans la menorah. Alors il s'approcha de la jeune femme, baisa son front, et dit d'une voix hésitante, car sa gorge était pleine de larmes :

« Rechele, ma fille, reprends courage ! Bienheureux sommes-nous, car la Divine Présence nous est revenue, et heureuse es-tu, car c'est toi qu'elle a choisie ! »

Les sanglots des femmes et le chuchotement des hommes emplissaient la maison d'étude. Anxieusement, tous attendaient que la prophétesse recommençât à parler. Rechele ouvrit les yeux.

Son corps malade frissonnait comme sous la morsure du froid ; elle claquait des dents. Il semblait qu'elle luttât contre un obstacle qui l'empêchait de parler ; mais ses forces l'abandonnèrent de nouveau, et elle poussa une plainte aiguë. Puis, en soupirant, elle retrouva le calme, comme si son âme l'avait quittée. Reb Gedaliya se redressa et leva les bras pour imposer le silence. Sa veste de soie s'ouvrit comme des ailes, le bord de son chapeau se tourna vers le haut et tout son visage exprima la crainte respectueuse du Ciel. Il ressemblait à l'un de ces grands hommes du passé, à un chef d'Israël.

« Juifs ! s'écria-t-il. Le Dieu béni vient d'accomplir pour nous un grand miracle ! L'Ange Sandalfon nous a parlé aujourd'hui par la bouche de Rechele ! Le Temps des Prophéties est revenu ! Tous, récitons la prière d'action de grâces ! »

« Sois béni, O Seigneur, notre Dieu, roi de l'univers, qui nous as gardés en vie, et soutenus, et nous as conduits jusqu'à ce jour ! » Chaque bouche répondit. Les murs résonnèrent de l'écho et les piliers mêmes de l'estrade semblèrent osciller.

« Envoyons des émissaires au loin ! Répandons la parole dans toutes les colonies juives ! »

« J'irai ! » cria quelqu'un : c'était le boiteux Mordecaï Joseph. « Je courrai réveiller le monde entier !

— Va, Mordecaï Joseph ! répondit Reb Gedaliya, et prends avec toi Itche Mates, le mari de la prophétesse ! N'hésite pas ! Va répandre les nouvelles !

— Où est Itche Mates ?

— Emmener Itche Mates ! » grinça Reb Mordecaï Joseph ; et il se prit la tête entre les mains, comme s'il allait se trouver mal. Il jeta sa béquille au loin.

Toute sa vie, Reb Mordecaï Joseph, le kabbaliste, qui étudiait les mystères, avait attendu le jour où sa mission consisterait à parcourir le monde. Il avait toujours craint que ses révélations et ses avertissements ne trouvent pas d'auditeurs, car son nom était inconnu en dehors de Goray. Mais, à présent, la voix de Mordecaï Joseph pouvait retentir dans toute la Pologne et réveiller chaque communauté. Il se voyait déjà à Lublin, à la foire annuelle, devant l'assemblée du Conseil des Quatre Pays : il s'adressait, avec des rugissements de lion, à une foule de Juifs importants — rabbins, hommes justes, hommes instruits, hommes riches — et versait poix et goudron sur ceux qui doutaient de Sabbataï Zevi ; il ordonnait qu'ils fussent fouettés et accablés de lourdes chaînes. Leurs appels et leurs épîtres devaient être jetés dans un brasier dont la lueur atteindrait le Ciel. Dans son enthousiasme, Reb Mordecaï Joseph commença à prêcher, ici même, dans la maison d'étude de Goray.

« Je jure par le Messie du Dieu de Jacob que Rechele est une véritable prophétesse ! Malheur à ceux qui doutent ! Tant pis pour leurs âmes ! Qu'ils soient maudits ! Qu'ils périssent ! vous m'entendez, les hommes ? Qu'ils soient extirpés ! Mais vous, les vrais croyants, réjouissez-vous dans le Seigneur ! »

Reb Mordecaï Joseph eut un accès de toux ; alors Reb Gedaliya prit soudain Rechele dans ses bras et marcha en direction de la porte donnant sur l'antichambre. Des chants jaillirent de chaque gorge. Des hommes et des femmes s'enlacèrent, s'embrassèrent, et, se tenant bras dessus bras dessous, ils dansèrent à l'extérieur de la maison d'étude. Chapeaux et bonnets tombaient, mais nul n'y prenait garde. Les Gentils, qui s'étaient amassés autour de la synagogue, reculèrent, effrayés par ce spectacle ; ils se mirent à genoux et s'inclinèrent, et le nom de Dieu fut partout sanctifié. Des jeunes gens prirent les rouleaux de la Torah, et le rideau de l'Arche fut tendu sur des poteaux comme une sorte de dais et porté en l'air au-dessus des têtes de Reb Gedaliya et de Rechele. Jamais, depuis la fondation de Goray, il n'y avait eu autant d'allégresse. Même les malades et les alités quittèrent la maison des pauvres, pour être témoins des réjouissances. Quelques apprentis, animés d'un zèle, s'emparèrent de la table de purification et la brûlèrent au milieu de la place du marché, comme pour signifier que la mort, à partir de ce jour, était abolie parmi les Juifs. Et, ce même jour, Reb Mordecaï Joseph et Reb Itche Mates prirent possession des lettres que Reb Gedaliya et Levi avaient rédigées sur du parchemin, et que de nombreux témoins avaient contresignées. Ils assurèrent sous leurs bras leurs sacs de mendiants et s'en allèrent pour répandre les nouvelles au loin, — dans toutes les directions, — afin qu'elles réjouissent les cœurs de ceux qui croyaient en Dieu et en Sabbataï Zevi, son Messie.

6

Un mariage sur un tas de fumier

Reb Mordecaï Joseph et Reb Itche Mates partirent, et leur marche errante les conduisit en des lieux éloignés, où ils apportèrent la bonne nouvelle. A Goray, certains pensaient qu'ils avaient déjà franchi les frontières polonaises et qu'ils étaient à présent quelque part en Allemagne ou en Bohême. Pour d'autres, les émissaires s'étaient embarqués pour Istanbul, afin de voir le Messie. Désormais, les affaires de la ville de Goray étaient entre les mains de Reb Gedaliya. Ses nouvelles façons de diriger la communauté différaient des pratiques citées dans le Shulchan Aruch ; mais les rares hommes instruits qui restaient prétendaient ne pas voir, ne pas entendre ce qui se passait, car le commun du peuple avait confiance en Reb Gedaliya. Quant à Reb Gedaliya, il installa Rechele dans sa maison, et il vécut avec elle, sous le même toit, bien qu'elle fût une femme mariée. Pour elle, il avait fait blanchir une chambre ; il suspendit aux murs des amulettes protectrices ; puis il plaça dans la pièce une Arche Sainte et une Torah. Rechele était habillée de satin blanc ; son visage était caché par un voile. Pendant la semaine, nul ne pouvait la voir, à l'exception de Chinkele la Pieuse qui la servait. Mais, le jour du Shabbat, dix femmes de la secte se réunissaient dans sa chambre, pour constituer le quorum, comme si elles étaient des hommes, ainsi que Reb Gedaliya l'avait demandé. Une femme qui faisait office de chantre se mettait au lutrin et psalmodiait les prières du shabbat. Ensuite, on retirait la Torah de l'Arche et Reb Gedaliya chantait la mélodie rituelle. De plus, il autorisa sept femmes à se relayer au lutrin pour les lectures du shabbat, et après chaque lecture il ordonnait une prière d'action de grâces, au nom de Sabbataï Zevi et de Rechele, la prophétesse.

Il jouissait d'un grand renom, à Goray et dans tout le pays environnant. Les matrones lui réservaient une dîme de leurs poulets, leurs œufs, leur beurre et leur miel. Il avait imposé aux riches une capitation spéciale. De chaque veau qu'il tuait, il mettait de côté pour lui-même non seulement les tripes et la rate, comme c'est l'usage, mais aussi tous les bas morceaux. Il nettoyait ces morceaux comme on ne le fait plus de nos jours ; il n'en avait pas besoin pour lui-même, non, pas pour lui, Reb

Gedaliya, mais pour les pauvres et les affamés. Les après-midi de shabbat, il prenait le repas de midi dans la maison d'étude, et chaque famille lui envoyait des gâteaux de riz assaisonnés à son goût. Des hommes et des femmes étaient assis à la table sur des banquettes ; d'autres se groupaient autour et Reb Gedaliya chantait de nouvelles hymnes de Shabbat ; il servait lui-même des parts de pieds de veaux en gelée et offrait à chaque convive une coupe de vin. Le vin était rouge et sentait le gingembre, l'onyx et le safran. Reb Gedaliya prétendait qu'il avait le goût du vin réservé aux Justes dans le Jardin d'Éden.

Reb Gedaliya accomplit des choses remarquables et sa bonté était reconnue de tous. Il était extrêmement charitable et se levait en pleine nuit pour soigner les malades. Bien qu'il fût un homme important, il roulait ses manches, s'il était nécessaire, pour masser des hommes et des femmes de la même manière, avec de l'eau-de-vie et de la térébenthine. Il plaisantait avec les malades et les obligeait à rire et à oublier leurs maux. Pour les enfants, il imitait le meuglement des vaches et le gazouillement des oiseaux. Des bègues se mirent à parler correctement sous sa direction. Les mélancoliques apprirent à rire de bon cœur, après qu'il eut passé quelque temps avec eux. Expert en prestidigitation et en mystification, il pouvait changer un fichu en un lièvre. Il se faisait lier les coudes au moyen d'une écharpe ; puis il soufflait, et les dégageait de nouveau, ensuite il allait retirer le fichu d'en dessous la chemise de la personne qui l'avait lié ! Expert en jeux de patience compliqués, il pouvait écrire une ligne de mots qu'il lisait de haut en bas aussi facilement que l'hébreu se lit de droite à gauche. Il montra à des mères de famille qui vinrent lui rendre visite comment faire de nouvelles confitures ; il enseigna aux jeunes filles à travailler sur de la toile et l'art de broder. Tard dans l'après-midi, il se baignait dans la rivière et apprenait aux jeunes gens comment nager et se maintenir sur l'eau. Ensuite, tous récitaient leurs prières de l'après-midi sur la berge de la rivière, en plein air. Un jour qu'il était de bonne humeur, il réunit quelques compagnons robustes, qui étaient en pension chez leurs futurs beaux-parents, et les emmena de l'autre côté de la colline pour effrayer les femmes en train de se baigner. Il en résulta un beau désordre. Les femmes les plus lestes sautèrent dans l'eau en poussant des cris. Celles qui étaient grosses et lentes étaient si confuses qu'elles restèrent comme figées. Pour être apparues dans leur nudité aux yeux des hommes, elles étaient publiquement déshonorées. On s'amusa beaucoup, avec frivolité, ce soir-là. Néanmoins, on n'en fut pas scandalisé, car Reb Gedaliya en était l'instigateur et il était déjà connu pour ses manières qui bravaient les conventions. Seuls quelques ennemis cachés parlèrent ouvertement contre lui, sans essayer de déguiser leur irritation.

Ils répandirent des bruits désagréables sur son compte. Ils affirmèrent que, depuis qu'il était devenu le boucher rituel de Goray, il n'avait jamais encore trouvé de bête qui fût impure et impropre à la consommation, ceci afin de gagner la faveur des bouchers. Chaque fois que le problème se posait, il déclarait la bête pure, au mépris de toutes les prescriptions relatives à la pureté. Il permettait aux femmes de se rendre au bain rituel et ensuite de coucher avec leurs maris, aussitôt après la menstruation ; d'après lui, elles n'avaient pas besoin de garder les sept jours supplémentaires d'abstinence.

Il expliquait aux jeunes mères la façon d'enflammer leurs époux et leur chuchotait à l'oreille que, depuis la révélation de Sabbataï Zevi, le commandement relatif à l'adultère était devenu sans valeur. Le bruit se répandit que de jeunes hommes échangèrent leurs femmes ; et chacun savait que Nechele, la femme de Levi, recevait des hommes dans sa maison et restait jusqu'à minuit avec eux, chantant des couplets obscènes. Une jeune servante que l'on avait envoyée pour regarder par le trou de la serrure déclara avoir aperçu Nechele qui dégrafait son corsage et offrait aux visiteurs ses seins qu'ils pressaient et dont ils baisaient les pointes. De Levi on disait qu'il avait obligé Glicke, la fille de son frère Ozer, à coucher avec lui et qu'il avait donné à Ozer, pour prix de son silence, trois pièces d'or polonaises, afin que son péché ne fût pas divulgué. Les jeunes gens qui étudiaient ensemble dans la maison d'étude étaient enclins à toutes sortes d'actions coupables. Pendant la journée, ils montaient dans la galerie des femmes, se livraient à la pédérastie entre eux et à la sodomie avec des chèvres. Le soir, ils se rendaient au bain rituel, et, à travers un trou qu'ils avaient percé dans le mur, ils regardaient les femmes en train de se purifier. D'autres jeunes élèves allaient même observer les femmes occupées à leurs besoins corporels...

Il y avait à Goray quelques vieux patriarches aux récriminations desquels nul ne prêtait attention. Reb Gedaliya en corrompit quelques-uns au moyen de riches cadeaux. Il en mit d'autres en garde : s'ils se rebellaient contre son autorité, il prononcerait leur bannissement, ou les ferait arrêter et lier au poteau dans l'antichambre de la maison d'étude. Il se présenta également devant le seigneur de Goray : parlant couramment le polonais, il obtint du seigneur la promesse que celui-ci le prendrait sous sa protection et punirait ceux qui tenteraient de le renverser.

Goray, cette petite ville, perdue au bout du monde, avait changé de visage. Plus personne ne la reconnaissait.

Depuis l'arrivée de Reb Gedaliya et depuis le miracle de la prophétesse, la ville avait prospéré. De Yanov, de Bilgoray, de Krasnistav, de Turbin, de Tishevitz, et d'autres colonies, des gens venaient pour voir le couple saint. L'eau dans laquelle Rechele lavait son corps avait un pouvoir salutaire — c'est du moins ce que proclamait Reb Gedaliya — et un tonneau plein de cette eau se trouvait dans l'antichambre de sa maison. Celles qui avaient perdu tout espoir et qui erraient en tous lieux, en quête d'un remède, venaient à Goray. Elles se rassemblaient devant le porche de la maison de Reb Gedaliya : il y avait là des jeunes femmes, affligées d'un hoquet semblable aux aboiements d'un chien ; des femmes stériles qui attendaient en soupirant qu'une faveur du ciel rendît leurs entrailles fécondes ; des monstres, dont les corps avaient l'aspect de reptiles ; des paralysées et des épileptiques. A la porte se tenait Chinkele la Pieuse, qui les laissait entrer l'une après l'autre. Beaucoup des consultantes devaient attendre dans les auberges de Goray pendant longtemps, avant d'être admises dans la maison de Reb Gedaliya, où elles allaient recevoir de ses mains des amulettes, des morceaux d'ambre magique, des pommades, dont elles devaient enduire les parties malades de leurs corps, et des pilules à avaler. Il léchait les visages d'enfants maladifs, massait des femmes arthritiques et leur faisait passer la nuit dans sa maison. De jour en jour, le nombre de celles qui venaient consulter le faiseur de miracles augmentait. Elles faisaient leurs achats à Goray et dormaient à même le plancher, dans les maisons des habitants, écoutant avidement les histoires étonnantes que l'on racontait à propos de Rechele la prophétesse. On les voyait partout, assises sur des banquettes devant les maisons. Leurs fichus étaient abaissés sur leurs yeux ; leurs mains serraient des paniers remplis de nourriture ; entre leurs seins pendaient des bourses qui contenaient des pièces de cuivre dont elles devaient acheter leur santé. Les jeunes étaient timides et ne disaient rien... Mais les femmes plus âgées tricotaient des bas et parlaient avec complaisance de leurs maladies et des remèdes que différents magiciens et faiseurs de miracles leur avaient donnés. Celles dont les règles étaient prématurément arrêtées se voyaient conseiller de manger le prépuce d'un enfant circoncis ; à celles qui désiraient plaire à leurs maris, on disait de faire boire à leurs hommes l'eau dont elles avaient lavé leurs seins ; aux épileptiques on avait dit de se couper les ongles des mains et des pieds, de les faire pétrir dans une masse de pâte et de la donner en pâture à un chien. Quelquefois les femmes âgées taquinaient des jeunes qui se disaient stériles en les faisant rougir par leurs racontars impudiques.

Et puis, finalement, les hommes à leur tour commencèrent à arriver dans la ville : on vit des mendiants et des vagabonds, des ascètes et des maris qui essayaient d'obtenir les signatures d'une centaine de rabbins en vue d'une autorisation de remariage ; un étudiant de yeshiva cherchait un maître pour lui enseigner la Kabbale ; un pénitent se torturait lui-même en mettant des pois dans ses chaussures. On vit également un converti d'Amsterdam qui avait fait le vœu de silence ; et aussi un musicien qui marchait les yeux bandés, pour ne pas voir de femmes, et un va-nu-pieds bouffon qui demandait l'aumône et récitait des vers obscènes. Ceux-là vivaient de ce qu'ils recueillaient auprès des pèlerins ; ils dormaient dans la maison des pauvres ou bien, quand celle-ci était pleine, en quelque lieu qu'ils pouvaient trouver. Souvent, le Malin transparaissait dans des actions secrètes. Une fois deux mendiants errants qui étaient venus à Goray décidèrent de se marier ; mariés, ils le furent en effet, mais par de mauvais plaisants, sur un tas de fumier.

7

L'Heure de l'Union

C'était une année de grande sécheresse. L'herbe qui devait servir de fourrage était grillée, et les paysans vendaient leur bétail à moitié prix. Le blé était clairsemé dans les champs, avec des tiges grêles et sans épis. Des vents brûlants faisaient tomber les grains avant leur maturité et arrachaient aux arbres les fruits encore verts. Chaque jour, une foule de paysans traversait Goray pour se rendre aux chapelles et dans les sanctuaires afin de prier pour la pluie. Ils étaient si pauvres que les hommes n'étaient vêtus que de paille. Leurs joues étaient creuses ; et leurs yeux saillants et effrayés sous leurs mèches de cheveux d'un blond pâle regardaient fixement, comme les yeux des fous. Les femmes portaient leurs nourrissons sur leur dos, enveloppés dans des draps, à la manière bohémienne. Les pieds de ces vagabonds étaient noirs de la poussière des routes, leurs voix rauques d'avoir imploré leur Dieu. Il semblait qu'ils fussent déjà morts et qu'en cet équipage ils s'accompagnaient eux-mêmes jusqu'à leur tombe. Le bruit courait dans les villages qu'avant de partir rejoindre leur Messie, les Juifs avaient persuadé le diable de tuer tous les Chrétiens. Tous les jours, l'« esprit » de l'eau emportait un autre Chrétien ; l'« esprit » de l'eau était grand comme une vache, et remontait la rivière à la nage, y patrouillant de bon matin à la recherche de ses victimes ; d'habitude, il chantait et faisait des singeries, pour attirer les passants. Ce n'était d'ailleurs pas le seul fléau que le diable avait inventé. Il avait envoyé dernièrement un nuage noir de sauterelles qui s'étaient abattues sur les champs ; il avait également fait venir les mulots du monde entier et les avait envoyés parcourir les sillons de blé et les granges. Une nuit, un paysan avait aperçu un esprit qui dansait sur des échasses, près du moulin. Il tournoyait, bondissait et sifflait ; il était barbu et ses pieds étaient palmés, comme ceux d'une oie. Des bêtes sauvages l'entouraient, renards, putois, martres et loups. Ils battaient des ailes comme des oiseaux, et s'envolaient en ricanant. Une jeune femme qui était allée, tard le soir, puiser de l'eau, avait senti que son seau touchait quelque chose de vivant ; puis elle avait entendu, venue des profondeurs du puits, une voix qui l'appelait.

« Vends-moi ton âme, ma belle. Je te donnerai de douces amandes et un chapelet de grains. Je mettrai une couronne sur ta tête et tu seras ma princesse. »

Les paysans des villages ne manifestaient pas leur

colère. En silence, chaque jour, ils aiguisaient leurs faux, bien qu'il n'y eût pas de récolte à moissonner ; en silence, ils affûtaient le tranchant de leurs haches. Certains pensaient qu'ils allaient se soulever et qu'ils assassineraient les Juifs aussi bien que la petite noblesse polonaise. D'autres prédisaient que des armées cosaques avançaient, parties d'Ukraine et de Wolhynie, comme aux jours de Chmielnicki, pour venger l'oppression du peuple. Comme si ce n'était pas assez, on notait que le nombre des jeteurs de sorts augmentait sans cesse. Le bétail ne donnait plus de lait, et des femmes avaient la jaunisse. Dans le village de Kotzitza, les chefs de famille brûlèrent vive une sorcière. Ils clouèrent un fer à cheval à son pied gauche, pour l'empêcher de s'échapper de sa tombe, et ils bourrèrent sa bouche de grains de coquelicots. Dans le village de Maidan, les paysans attirèrent une autre sorcière dans les bois, l'enchaînèrent à un arbre et dressèrent un bûcher autour d'elle, après lui avoir retiré ses vêtements. Les villageois regardèrent la sorcière toute nue — qui se tordait et déchirait sa chair dans son agonie en prononçant le nom de Satan — jusqu'à ce que les flammes l'eussent consumée. Puis quatre femmes tailladèrent son corps à coups de faucille et enterrèrent le cadavre dans un champ ; ni une tombe ni une croix ne marquèrent le lieu de sa sépulture.

Le plus ancien habitant de Goray ne se rappelait pas avoir connu époque semblable. On se procurait difficilement une miche de pain, mais la viande était abondante. Tôt le matin, les garçons bouchers poussaient devant eux des troupeaux entiers de veaux, de moutons et d'oies vers l'abattoir. Ils y conduisaient aussi des vaches, dont les pis desséchés ne donnaient plus de lait. Les bêtes avaient les flancs maigres et couverts de grosses plaques de fumier ; leurs côtes saillaient comme des douves de tonneaux et leurs ventres pendaient, flasques comme des sacs vides ; leurs mufles humides, entourés de poils noirs, étaient tendus par la faim et par la soif ; et la ville résonnait de leurs beuglements pitoyables. Elles tombaient au premier coup que leur portait le boucher, et elles expiraient sans lutter. Reb Gedaliya se démenait, avec son couteau aux reflets verts ; il tailladait dans les nuques rasées, et s'écartait du sang qui giclait. Des garçons bouchers passaient, armés de hachettes, et tranchaient la tête à des bêtes qui respiraient encore ; ils les écorchaient avec dextérité, ouvraient les corps en les déchirant, pour en extraire les poumons d'un rouge satiné, les estomacs à moitié vides ainsi que les intestins. Ils gonflaient les poumons en soufflant dans la trachée, frappaient du plat de la main sur les organes distendus et crachaient dans les viscères pour déceler quelque trou qui eût rendu l'animal impur. Reb Gedaliya restait debout au milieu de l'abattoir ; il tenait son couteau serré entre ses dents ; ses papillotes et sa longue barbe étaient ébouriffées ; ses yeux noirs, enfoncés dans les poches poilues qui creusaient ses joues, roulaient furieusement quand il pressait les bouchers d'en finir avec l'examen, en criant sur un ton de reproche :

« Vite ! Elle est pure ! Elle est pure ! »

Car Reb Gedaliya devait être très avare de son temps ; tout le poids de Goray pesait sur ses épaules. Les anciens l'attendaient au Conseil de ville, afin de connaître son opinion ; des femmes lui demandaient son avis sur la façon d'obtenir des dots pour des orphelines ; c'était lui que le seigneur de Goray, se fiant à sa sagesse, avait chargé de fixer et de percevoir le montant des impôts ; des émissaires lui apportaient des lettres de la secte de Sabbataï Zevi et qui provenaient de Zamosć et de Ludomir ; des hommes riches, établis dans d'autres villes, sollicitaient des pommades et des potions ; on lui amenait des possédés, des jeunes mariées ensorcelées, des enfants aux ventres gonflés. Sur la table de la chambre de Reb Gedaliya, s'entassaient des feuilles de parchemin et des plumes d'oie, des grêlons du ciel avec des crottes du diable. Reb Gedaliya avait toujours un pot de sangsues à portée de la main ; et, quelque part dans la pièce, il avait un rouleau sur lequel étaient inscrits les noms des anges et des démons. Un miroir bordé de noir était caché autre part, ainsi qu'une croix attachée à un collier de perles. Des jeunes gens venaient fréquemment étudier les instructions de Nathan de Gaza et d'Abraham Ha-Yachini. Reb Gedaliya les entraînait aux pratiques magiques qui permettent de faire jaillir du vin des murailles, ou de se transporter d'un endroit à un autre, grâce à une formule kabbalistique...

Goray était enivrée. A peu de jours d'intervalle, on célébrait un nouveau mariage. Des mariées de douze ans se promenaient dans les rues le ventre enflé, car les femmes pieuses veillaient à ce que leurs filles et leurs gendres couchassent ensemble souvent. De plus, Reb Gedaliya et Levi avaient libéré des liens du mariage toutes les femmes qui avaient été abandonnées, — et elles n'avaient pas perdu de temps pour trouver de nouveaux époux. D'après les calculs de Reb Gedaliya, la corne du bélier devait annoncer la venue du Messie vers le milieu du mois d'Elul, et, trois jours avant Rosh Hashana, une nuée descendrait ; les pieux y prendraient place et partiraient pour la Terre d'Israël.

Journellement, entre les prières de l'après-midi et du soir, Reb Gedaliya parlait à la congrégation des miracles qui allaient arriver. Tout homme croyant aurait alors dix mille esclaves païens pour lui laver les pieds et prendre soin de lui. Des duchesses et des princesses seraient attachées comme servantes ou gouvernantes aux enfants juifs comme il était prédit dans le Livre d'Isaïe. Trois fois par jour, les Juifs s'envoleraient comme des aigles vers la montagne du Seigneur ; ils s'inclineraient et se prosterneraient devant le Temple Saint. Les affligés seraient guéris, les disgraciés rendus beaux. Chacun mangerait sur des tables d'or et ne boirait que du vin. Les filles d'Israël se baigneraient dans des ruisseaux embaumés, et le parfum de leurs corps se répandrait par le monde. Les fils d'Israël iraient revêtus d'armures, leurs épées battant leurs cuisses, et armés d'arcs et de flèches, pour écraser les derniers ennemis d'Israël. On épargnerait ceux des nobles qui s'étaient montrés bons pour les enfants d'Israël, ainsi que leurs femmes et leurs enfants ; ils deviendraient les serviteurs des Justes.

A l'approche du mois d'Elul, la foi du peuple de Goray devint plus enthousiaste. Des marchands n'ouvrirent plus leurs boutiques, des artisans interrompirent leurs travaux. Désormais les gens ne mangèrent que des aliments qui n'exigeaient pas de préparation et que l'on pouvait se procurer aisément. Trop paresseux pour ramasser du bois dans la forêt, ils prirent l'habitude de faire brûler dans leurs poêles les objets encombrants qu'ils avaient sous la main. L'hiver prochain ils seraient installés à Jérusalem : ils abattirent donc les clôtures et les dépendances pour faire du feu. Quelques-uns arrachèrent même les bardeaux des toitures. Beaucoup renoncèrent à se déshabiller le soir, pour aller se coucher : la nuée attendue pourrait venir pendant qu'ils dormaient, et ils ne voulaient pas être obligés de se vêtir en hâte. Dans la maison de Reb Gobel Chasid, les livres avaient été enveloppés dans un drap, comme après un incendie, et trois fois par jour leur propriétaire sortait de la maison pour chercher, vers l'est, quelque signe annonciateur de la nuée. Il couvrait ses yeux, comme pour les protéger d'une lumière trop vive, et s'écriait :

« Notre Père qui es au Ciel, sauve-nous à présent. Nous n'avons pas la force d'attendre plus longtemps. »

Tard dans la nuit, Reb Gedaliya venait rendre visite à Rechele, dans sa chambre. Elle était couchée sur son lit à baldaquin et elle dormait. Depuis qu'elle était devenue une prophétesse, Rechele avait presque complètement cessé de manger ; elle ne s'occupait plus de ses besoins physiques. Son corps était devenu cireux et presque transparent, comme la nacre, et il lui semblait qu'elle répandait une odeur de feuilles mortes. Chaque nuit des anges la visitaient dans ses rêves ; Rabbi Simeon ben Yohaï et le prophète Élie survenaient ; et les anges et les prophètes étudiaient avec elle jusqu'au point du jour. Souvent quand elle s'éveillait, le matin, elle était capable de réciter par cœur des parties entières du Zohar et de ses Gloses. Parfois, elle parlait à Reb Gedaliya en araméen targumique. Quand elle lisait, les pages se tournaient d'elles-mêmes. Il lui arrivait de tendre la main pour saisir un objet : celui-ci volait vers ses doigts, comme mû par une force magique. Son corps brillait dans l'obscurité comme une pierre précieuse, et sa peau émettait des étincelles. Elle était couchée dans son lit à baldaquin, sa tête parée d'un fichu de soie reposait sur trois oreillers ; l'un de ses yeux restait à demi ouvert ; son nez était blanc et sa respiration était si faible qu'on ne pouvait l'entendre. Reb Gedaliya entrait ; il était nu, une épaisse toison couvrait son corps, pareille à un manteau de fourrure ; il portait uniquement une calotte et tenait une chandelle dans sa main gauche. Il soulevait la robe de soie blanche qui couvrait le corps de Rechele, baisait ses pieds, et la réveillait.

« Rechele, il est minuit. Les cieux s'écartent. Les Parents Divins s'unissent face contre face. Courage, Rechele ! C'est l'heure de l'union. »

8

Vestes dorées et massepains sucrés

Le mois d'Elul. Chaque matin, des femmes, en foule, descendaient vers le cimetière pour faire leurs adieux aux morts ; les morts ne gagneraient pas la Terre Sainte aussi tôt que les vivants ; quand le Messie viendrait, ils entreraient dans la Terre d'Israël en passant par les cavernes souterraines. Pendant plusieurs jours, les femmes restèrent prostrées sur les tombes ; elles hurlaient, gémissaient, demandaient aux morts de leur pardonner leur abandon ; elles leur expliquaient que le jour de la Résurrection était proche et les priaient d'intercéder, dans l'autre monde, pour leurs parents vivants et pour leurs voisins. Les riches coupaient des mèches de la longueur des tombes de leurs morts bien-aimés, dans l'intention de confectionner des chandelles pour la maison d'étude. Les pauvres ne pouvaient que pleurer, et leurs tombes étaient mouillées de leurs larmes. On amenait même les enfants, et ils jouaient parmi les pierres tombales. C'était comme si les morts et les vivants habitaient ensemble dans le cimetière, et les bohémiens qui avaient dressé leurs tentes dans les parages s'émerveillaient à ce spectacle. Quant aux Gentils, ils se réjouissaient, dans l'espoir d'hériter tout ce que les Juifs allaient abandonner. Dans la maison d'étude la corne du bélier retentissait, et Reb Gobel Chasid tremblait à chaque son, car l'un d'eux pouvait être celui qui annoncerait le Messie. Trop anxieux pour rester à la maison, il faisait les cent pas dehors sans discontinuer. Pendant plusieurs jours, un nuage avait plané à l'horizon, à l'est de Goray. Le soir il s'allongeait et prenait la forme d'un énorme poisson ; le matin il était en flammes, d'un rouge flamboyant, et l'après-midi il ressemblait à un bateau aux voiles d'argent ; il s'approchait de plus en plus. Reb Gobel et les autres membres de la secte étaient sûrs que c'était la colonne de nuée que mentionnaient les Saintes Écritures ; mais ils en parlaient seulement entre eux, à voix basse, afin de ne pas affoler les gens. Les femmes hochaient la tête pieusement, incapables d'éviter de leurs yeux cette partie du ciel ; tous semblaient sentir qu'en un tel moment il valait mieux garder le silence.

Mais les jours passèrent, et il n'y eut pas encore de miracle.

Quand le Saint Jour approcha, Goray devint de plus en plus calme. On eût dit que les habitants de la ville l'avaient quittée, un à un, ou qu'ils s'étaient réfugiés dans une cachette. Les rideaux des maisons étaient tirés et les volets barricadés. Les boutiques étaient ou fermées ou tenues par des enfants. Le marché était vide ; le sable sur la place était brûlant comme celui d'un désert, et des orties poussaient dans les coins. Toute la ville semblait retenir sa respiration. Quand les gens se rencontraient, ils discutaient à voix basse et ils évitaient de se regarder. En cette heure d'éclipse, ils semblaient être éblouis.

On était à trois jours du Saint Jour, et d'après tous les calculs, ce jour-là était celui où devait retentir le grand son de la corne. Mais le soleil se coucha, et rien ne s'était produit. Et cependant les gens de Goray n'avaient rien préparé pour les jours de fêtes. Des enfants et des adultes allaient nu-pieds et en haillons ; il n'y avait ni farine pour faire le pain, ni poisson, ni miel. On alla chercher Reb Gedaliya pour lui demander ce que cela signifiait ; mais on découvrit qu'il était parti se recueillir dans les collines. Quant à Rechele, elle était entrée dans le coma depuis plusieurs jours ; Chinkele ne permit à personne de la voir. Au dernier moment on avait envoyé des commissionnaires dans les villages environnants pour acheter les denrées les plus nécessaires. Mais ils n'étaient pas encore revenus. Les maisons sans peinture semblaient se serrer les unes contre les autres, avec leurs toitures arrachées et leurs intérieurs visibles : de poussiéreux greniers, pleins de toiles d'araignée et de décombres. Cet été-là, les gens de Goray avaient détruit leurs biens les plus précieux : ils avaient arraché les planchers et démonté armoires et étagères. Chez Reb Gobel Chasid on avait brûlé dans l'âtre les solives, le vendredi. Tous les vêtements de jours de fêtes étaient sales et déchirés, parce que les femmes les avaient portés en semaine.

Jamais on n'avait entendu autant de lamentations que cette année-là, lors des Prières de Pénitence. A peine la Prière de Sanctification avait-elle commencé que le chantre tomba à terre, comme si ses jambes s'étaient dérobées sous lui. Quand on en vint à ces paroles : « Voyez, Je veux changer la captivité des tentes de Jacob », la congrégation se répandit en lamentations. Un vieil homme frappa sa tête de ses poings et s'écria : « Notre Père qui êtes au Ciel, Vous nous avez suffisamment éprouvés ! A présent, montrez-nous Votre puissance ! »

La veille de Rosh Hashana fut froide et humide. Le ciel, qui tout l'été avait été aussi bleu que le rideau de l'Arche de la Torah, et comme plus large et plus haut que d'habitude, se contracta. A présent, la ville semblait enfermée sous une toile de tente sombre. Les collines, jadis vertes et qui évoquaient la Terre Sainte, disparurent comme arrachées à la surface du monde. La fumée avait du mal à s'échapper des cheminées et stagnait au-dessus des maisons, comme si elle manquait d'espace.

Jusqu'au coucher du soleil les plus pieux gardèrent confiance dans la possibilité d'un miracle. Les miracles, ils le savaient, arrivent toujours de façon inattendue, quand on regarde de l'autre côté. Peut-être, juste un instant avant le coucher du soleil, la nuée allait-elle apparaître et les emporter tous vers la Terre Sacrée. Certains avaient même le pressentiment que cela se passerait ainsi. Reb Gobel Chasid était inébranlable ; Dieu, démontrait-il, était en train d'éprouver les gens de Goray, pour voir s'ils croyaient vraiment en lui, de tout leur cœur. Il était si bien ancré dans sa croyance qu'il se fâcha en voyant sa maisonnée préparer le repas ; il éteignit le feu dans l'âtre, si sûr qu'il était de prendre le repas du soir en Terre d'Israël. Quand la nuit fut tombée et que l'on aperçut les étoiles scintiller entre les nuages, les gens de Goray se rendirent enfin à l'évidence : l'Exil allait continuer pendant les Jours Redoutables. Les femmes étaient assises, les yeux baissés et toutes raides, dans les maisons sans éclairage. Les hommes ébouriffés se pressaient vers la synagogue, mal lavés, avec des barbes hirsutes. Trop gênés pour échanger des paroles, ils commencèrent aussitôt à réciter les longues prières de l'après-midi, pour lesquelles ils étaient en retard.

Reb Gedaliya était revenu des collines quelques heures plus tôt. Il se tenait au lutrin et récitait les prières du soir, en chantant d'une voix forte et entrecoupée de sanglots ; il était complètement enveloppé dans son châle de prière et dans un suaire blanc. Chacun de ses gémissements secouait la congrégation, comme la tempête fait d'un arbre. Les femmes se lamentaient comme si elles étaient en deuil. Les prières terminées, les fidèles se retirèrent rapidement, sans se souhaiter une bonne nouvelle année. Il n'y avait pas de chandelles dans la ville, et les gens de Goray passèrent cette nuit-là assis dans l'obscurité, ou firent brûler des copeaux de bois. Pour la fête, ils n'avaient rien d'autre à manger que de la viande et des haricots de l'année passée ; en plus, ils étaient rassasiés de viande. Ceux qui étaient assez riches pour avoir une miche de pain en firent des tranches dont ils envoyèrent une partie à leurs parents. Les enfants pleuraient beaucoup et se plaignaient d'avoir été trompés... Ils voulaient aller à Jérusalem... Ils voulaient porter de petites vestes dorées... Ils voulaient avoir des ailes pour voler dans les airs... Ils voulaient le massepain et les pièces d'or dans le bouillon, comme on le leur avait promis... Leurs pères semblaient abattus et chipotaient dans leurs plats ; ils mangeaient simplement pour accomplir leur devoir religieux, afin de ne pas avoir l'air de jeûner le jour de Rosh Hashana. Ils chantaient les hymnes d'une voix rauque et chevrotante, et ils se retirèrent vite derrière le poêle pour dormir, silencieux et irritables. Les mères calmaient les nourrissons en les berçant ; tard dans la nuit, elles restaient près des berceaux et des lits d'enfants, en racontant des histoires, pour empêcher les tout-petits de poser des questions. L'hostilité muette qui opposait belle-mère et belle-fille, mère et fille, frère et sœur, continua, plus vive que jamais. Les gens de Goray s'endormaient dans leurs vêtements, la bouche ouverte et le cœur vide, comme aux époques de persécutions, quand les Juifs ne sont jamais certains de vivre jusqu'au lendemain.

Les deux premiers jours de Rosh Hashana, Reb Gedaliya prêcha avant que la corne du bélier retentît. Son visage était aussi rouge que des charbons ardents, ses yeux lançaient des éclairs, et chacune de ses paroles soulagea les cœurs, dans la congrégation. Il prétendit que ce jour de fête gâché était la dernière épreuve que Dieu infligeait à son peuple. Reb Gedaliya compara ce moment à celui qui précède l'aube, quand l'horizon doit devenir plus sombre afin que le soleil puisse briller, à son lever, de toute sa splendeur. Il engagea tous les membres de la congrégation à demeurer fermes dans leur foi et à ne pas désespérer, à la veille des grands jours à venir. Il jura solennellement que Sabbataï Zevi était le vrai Messie du Dieu de Jacob ; il pria les Juifs de dépouiller leur tristesse et de s'abandonner à la confiance et à la joie ; il affirma que les Quatre Matriarches avaient visité Rechele, la nuit, pour la consoler. Elles avaient rapporté que Satan, dans le ciel, avait sévèrement accusé ceux dont la foi était ébranlée ; par suite, les Derniers Temps avaient été différés jusqu'au moment où la colère de Dieu serait apaisée. Avant que la congrégation se dispersât, Reb Gedaliya bénit chaque fidèle de ses mains. Il souleva les enfants pour les embrasser sur la tête et s'écria au moment où chacun s'en allait :

« Rentrez chez vous et réjouissez-vous. Nous serons tous bientôt en Terre d'Israël. Chaque homme sera assis sous sa treille et sous son figuier. »

Pour la cérémonie du Tashlik, hommes et femmes revêtirent leurs habits des jours de fête qu'ils possédaient encore ; formant une longue file, ils se mirent en marche en direction de la rivière, à l'extérieur de la ville. Rechele, qui était inconsciente, fut portée sur une chaise dorée, et les gens les plus importants de la ville l'escortaient. Elle ressemblait (mais la comparaison est impossible !) à l'une de ces statues que les Chrétiens portent dans les processions d'églises pendant leurs fêtes... Une fois parvenues sur le pont, les jeunes femmes vidèrent leurs poches et leurs fichus, en énumérant les péchés qu'elles jetaient ainsi dans les eaux de la rivière. Suivant la coutume, les jeunes gens de Goray s'amusèrent aux dépens des vieilles femmes et même des hommes. Ils témoignèrent leur répugnance à Nechele, la femme de Levi, et chuchotèrent que la rivière déborderait de *ses* péchés. Pendant le retour vers la ville, des garçons effrontés essayèrent de piquer les hanches des femmes avec des épingles et firent des remarques obscènes. Reb

Gobel Chasid poussa des cris de colère et leur reprocha leur conduite sacrilège ; mais Reb Gedaliya aplanit l'incident d'un signe de la main ; il expliqua qu'il n'y avait aucun mal à mettre les gens de bonne humeur... Néanmoins, au crépuscule, la ville devint si calme que l'on aurait pu croire que chacun de ses habitants était mort. L'air devenait bleu, comme les pages d'un vieux livre ; les maisons étaient sales, à moitié en ruine, et on aurait pu se croire en 1648. Les seaux d'eau que les jeunes filles portaient évoquaient les ablutions rituelles des cérémonies funèbres ; une odeur âcre de brûlé se répandit partout, comme après un incendie. A moitié endormis, les hommes récitaient des psaumes dans la maison d'étude, comme s'ils imploraient la pitié en faveur d'un malade gravement atteint. Les femmes se rassemblaient devant les portes de leurs maisons. Elles parlaient d'une voix étouffée, sans cesser de regarder autour d'elles, dans la crainte d'être entendues par des étrangers ; elles laissaient les enfants arracher les derniers ornements de leurs vêtements, dans le but d'avoir — elles, les mères — la paix. Une femme fit remarquer avec désinvolture que les gens devraient réparer leurs maisons et oublier toutes ces histoires ; le Messie ne viendrait pas à Goray. Mais les autres femmes lui adressèrent des reproches et des menaces, l'invitant à rester tranquille : on lui rappela qu'elle n'était rien, une personne d'humble origine. Les femmes hochèrent la tête et crachèrent ; elles se mouchèrent pieusement et implorèrent le Tout-Puissant :

« Que Ta volonté soit faite, ô notre Père qui es au Ciel, et puisse ce jour sacré être le dernier jour gâché ! Puissions-nous connaître bientôt une raison valable de nous réjouir, — après une si grande humiliation ! »

9

La victoire du Démon

Le premier jour de Souccoth, un déluge s'abattit sur Goray, et la pluie ne cessa pas de tomber pendant trois jours et trois nuits. La rivière déborda, brisa les écluses du moulin et emporta la digue. Il fallut venir en aide à ceux qui habitaient dans les basses terres. Dans beaucoup de maisons les femmes pataugeaient ; relevant leurs robes, elles vidaient l'eau avec des pots et des seaux ; mais c'était pour la voir entrer de nouveau. Des rafales de vent glacial arrachèrent les dernières tuiles des toits et abattirent les clôtures. Des morceaux d'étoffe couvraient les fenêtres et l'on avait bouché les fissures avec du feutre. Le bois était rare. Les enfants se mirent à tousser, et l'on voyait leurs nez rouges et leurs yeux larmoyants. Leurs oreilles, que le soleil de l'été avait guéries, recommencèrent à couler ; des furoncles qui avaient séché enflèrent de nouveau. Ils éprouvaient des maux d'estomac, pour avoir mangé trop de viande ; beaucoup étaient pris de vomissements et de diarrhée. Des mères coururent vers la maison d'étude pour implorer l'aide de Dieu, et elles allumèrent des chandelles à chaque chandelier. Des groupes d'écoliers vinrent réciter des psaumes. Cependant, une maison après l'autre voyait des enfants succomber : ils toussaient, puis étaient agités de spasmes et devenaient bleus. Joël le Fossoyeur recommença ses tournées, avec sa hotte noire. Quand la tempête s'apaisa, des nuées de corbeaux apparurent : ils volaient bas, en zigzag, et croassaient, comme s'ils étaient en quête de cadavres. L'étang avait la couleur jaune de l'huile ; des spirales de vapeur s'élevaient au-dessus de sa surface, comme si un feu souterrain en était la cause. Il suggérait Sodome et Gomorrhe, où la fumée montait comme d'une fournaise...

Les plus vieux de Goray ne pouvaient pas se rappeler une Fête de Souccoth comme celle-ci ; leurs aînés ne leur avaient jamais parlé de quoi que ce fût de semblable. Le matin du troisième jour, l'obscurité tomba brusquement, aussi profonde que celle de la nuit. Chacun se prépara aussitôt à connaître le pire, car il semblait que ce fût la fin du monde. La veille de Hoshana Rabba, il y avait eu un orage de grêle ; des grêlons étaient tombés, gros comme des œufs d'oie, et avaient blessé, dans les prés, de nombreuses bêtes, ainsi que les bergers. Puis il se mit à tonner et l'on vit des éclairs, extraordinaires en cette période de l'année. Une aveuglante spirale de feu tournoya dans la maison d'étude, roula sur les tables comme une boule, s'engouffra dans la porte ouverte du poêle et disparut par la cheminée, avec un tel fracas que beaucoup de gens furent assourdis. De là la foudre s'envola vers l'église, où elle causa des dommages considérables. Pendant la nuit de Hoshana Rabba un événement épouvantable se produisit : une femme qui était allée puiser de l'eau fut attirée par des démons au fond du puits, où elle fut trouvée morte le lendemain matin, la tête en bas et les pieds en l'air. Les esprits mauvais molestèrent également le vieux gardien de nuit, à qui ils arrachèrent la moitié de sa barbe.

Pendant les prières, dans la maison d'étude, le jour de Shemini Atzeret, une rixe tout à fait inattendue éclata, chose sans précédent à Goray. Plus tard, personne ne put raconter exactement comment elle avait commencé. Certains affirmaient que l'un des ennemis de Reb Gedaliya l'avait frappé au visage. D'autres rétorquaient que « les autres » étaient pour quelque chose dans cette affaire ; en effet, on avait aperçu un étranger parmi la congrégation, et il s'était éclipsé furtivement peu après. Quoi qu'il en soit, on entendit soudain des hurlements et des cris de douleur, comme lors d'une attaque de brigands ; une lutte sauvage et sanglante s'ensuivit. Les adeptes de Sabbataï Zevi poussèrent des cris de mort à l'adresse de leurs adversaires, qu'ils rossèrent et piétinèrent, déchirant leurs vêtements et leurs châles de prière. Les femmes elles-mêmes, comme poussées par le diable, se précipitèrent furieusement les unes contre les autres, s'arrachant mutuellement leurs coiffes, se déchirant châles et vêtements, enfonçant sauvagement leurs ongles dans les chairs, et remplissant de vacarme la synagogue. Il fallut à Reb Gedaliya et à quelques personnes raisonnables pas mal de temps et de peine pour séparer et calmer les factions, car même les gens âgés avaient été entraînés dans la bataille. Reb Gobel Chasid portait sur tout le corps des traces de meurtrissures. Dans le tumulte, même des enfants et des invalides avaient été blessés. Et, comme si cet événement n'était pas assez outrageant, le lendemain matin, à la Fête de Simhath Torah, une bande d'oisifs donna l'assaut à la taverne, comme eussent fait des brigands : ils vidèrent un plein tonneau d'eau-de-vie ; puis ils allèrent de maison en maison, chantant et volant des oies, des pots pleins de graisse et des confitures, et tout ce qu'ils pouvaient trouver à boire. Ils n'épargnèrent pas même Reb Gedaliya, dont ils envahirent également la maison ; mais il était trop rusé pour eux : il sortit pour venir à leur rencontre et ouvrit ses placards et son garde-manger en les priant d'y prendre ce qui leur faisait envie, car il était normal de fêter un tel jour. Il gagna ainsi leur estime et ils finirent par lui témoigner du respect, en l'appelant « Rabbi ». Après cela, ils s'en allèrent, ivres, par les rues pauvres où n'habitaient que des gens du commun et trouvèrent d'autres moyens de profaner ce jour de fête.

Depuis lors, il ne se passa pas une journée qui ne fût marquée par un incident ou par une calamité. Au milieu de la nuit, à la fin du mois de Cheshvan, on entendit la terre gronder et les maisons tremblèrent. Terrorisés, les gens se précipitèrent dans la rue, sans vêtements ; bien que le bruit eût cessé, ils restèrent dehors pendant des heures, par peur de retourner dans leurs maisons. Plusieurs s'enrhumèrent et certains contractèrent une fluxion de poitrine. Un peu plus tard, on découvrit une fissure dans le mur de la synagogue, allant du toit jusqu'aux fondations ; et l'on chuchota qu'il était dangereux d'y assister aux offices, parce que les murs pourraient s'écrouler ; ceci provoqua une nouvelle agitation dans la ville.

Le quinzième jour du mois de Kislev, au milieu des prières du matin, la porte de la maison d'étude s'ouvrit brusquement, et l'on vit entrer deux visiteurs inattendus : Reb Mordecaï Joseph et Reb Itche Mates. Leur aspect misérable provoqua un cri de détresse générale. Reb Mordecaï Joseph avait les pieds enveloppés de chiffons, les reins entourés d'un sac ; l'un des revers de sa veste était déchiré, et l'on eût dit qu'il était en deuil. Reb Itche Mates était nu-pieds, couvert de boue de la tête aux talons, et son visage était noir comme un pot. Les gens de Goray furent complètement déconcertés. Ils étaient trop émus pour ouvrir la bouche ; ils semblaient avoir perdu l'usage de la parole. Finalement, quelques-uns des fidèles saluèrent les nouveaux arrivés ; mais Reb Mordecaï Joseph et Reb Itche Mates ne répondirent pas ; ils gardèrent le silence jusqu'à ce que toute la congrégation se fût rassemblée autour d'eux. Alors seulement Reb Mordecaï Joseph martela le sol de sa béquille et se frappa la poitrine de son poing gauche en hurlant : « O Juifs, déchirez vos vêtements ! Répandez des cendres sur vos têtes ! Un grand malheur nous a frappés ! Une amère calamité ! »

Il s'appuya au mur, respirant avec peine, écumant de colère ; on s'écarta de lui ; alors Reb Mordecaï Joseph se dressa de toute sa hauteur et reprit : « Il est devenu Turc ! Un apostat ! Malheur à nous qui avons vécu pour voir une chose pareille ! Hélas ! pour nos âmes !

— De qui parles-tu, Reb Mordecaï Joseph ? »

Beaucoup de voix le suppliaient, avec un pressentiment anxieux.

« De l'ignoble menteur ! criait Reb Mordecaï Joseph. Ce séducteur et ce provocateur, Sabbataï Zevi et sa putain Sarah ! Puissent-ils être exterminés ! Puissent-ils se balancer au bout d'une corde ! Puisse chacune des malédictions du chapitre des Malédictions retomber sur leurs têtes et chacune des plaies d'Égypte tourmenter leurs corps ! »

Reb Itche Mates, assis sur le sol, cachait son visage. Son caftan était déchiré et ses pieds enflés et couverts de boue. De grosses larmes jaunes tombaient dans sa barbe et il se balançait comme s'il chantait un chant funèbre pour un cadavre.

Les yeux de Reb Mordecaï Joseph lançaient des flammes, sous ses épais sourcils broussailleux ; sa barbe flamboyante était hérissée, et il ressemblait à l'un des lions furieux sculptés dans le bois au-dessus de l'Arche Sainte. Il toussait et crachait de toutes ses forces, battait l'air de ses mains poilues et sanglotait spasmodiquement, comme lors d'une oraison funèbre :

« Il s'est coiffé du fez, le chien dément ! Il adore des idoles ! Toute une multitude s'est convertie avec lui ! Malheur à l'impur ! Honte et ignominie sur nous tous ! »

Tous les membres de la congrégation courbaient les épaules comme sous le poids d'une lourde charge. Ils offraient le même aspect qu'en ce jour funeste de l'année 1648 où des messagers leur apprirent que Cosaques et Tartares avaient encerclé Goray. Un jeune homme qui s'évanouissait facilement devint blanc comme de la craie, et ses voisins durent le saisir par les bras pour l'empêcher de tomber. Même les enfants étaient comme figés à leurs places. Incapable de faire un mouvement, l'assistance restait debout, sur place, les pieds tremblants et bouche bée. Alors la porte s'ouvrit avec violence, et Reb Gedaliya se rua dans la maison d'étude. Il avait apparemment tout entendu, car depuis le seuil il s'écria sur un ton à la fois moqueur et furieux :

« Qu'est-ce qui t'arrive, Reb Mordecaï Joseph ? Pourquoi cries-tu comme une femme en couches ?

— Êtes-vous encore en vie ! » Et Reb Mordecaï Joseph bondit de façon à le dévisager : « Démon !

— Liez-le ! Il est fou !

— O toi qui as péché contre le Dieu d'Israël ! Toi, l'adultère ! » Reb Mordecaï Joseph rugit. « Le porc Sabbataï s'agenouille devant des idoles — et cet homme couche avec une femme mariée !

— Juifs, il blasphème ! »

Reb Gedaliya bondit sur Reb Mordecaï Joseph et il y eut le bruit d'une gifle. « Il maudit le Messie du Seigneur des Armées ! »

Reb Mordecaï Joseph se précipita sur lui, mais on le saisit et on le repoussa. Du sang commençait à couler de son nez poilu et rouge.

« Malheur ! gémissait-il. Adultère et carnage !

— Juifs, il ment ! » Reb Gedaliya se tourna vers la congrégation. « Ce chien aboie des mensonges et des tromperies. Ce n'est pas Sabbataï Zevi qui s'est converti, mais l'ombre de Sabbataï Zevi. Il y a dans le Zohar un passage formel à ce sujet ! Le Messie est monté au Ciel ! Il descendra bientôt et nous viendra racheter. Voici des lettres qui le prouvent, écrites par tous les saints ! »

Et il tira de sa poitrine un paquet de lettres et de documents.

Reb Mordecaï échappa aux mains de ceux qui le retenaient, brandit sa béquille et se précipita sur Reb Gedaliya, les bras levés comme une bête de proie. Mais alors il tomba par terre et y resta étendu, étreignant le sol et pleurant :

« Juifs, au secours ! Le démon triomphe ! Malheur !... »

10

Les Fidèles et leurs adversaires

Les Juifs se divisèrent partout en deux groupes : celui de Sabbataï Zevi et celui de ses adversaires. La controverse devint passionnée ; à chaque foire, les factions s'excommuniaient mutuellement, au triple son rituel de la corne du bélier et en utilisant la table de purification et les chandelles noires. Des rabbins furent chassés de leur communauté, pieds nus, ou promenés dans des charrettes tirées par des bœufs ; des hommes de la noblesse furent fouettés publiquement et humiliés. De nombreux émissaires parcouraient le pays, portant des lettres authentiques ou qui étaient des faux. Des prophètes et des orateurs itinérants donnaient leur interprétation personnelle de la Bible. Dans les deux camps, des fanatiques se rendaient coupables d'injustices. A Lublin, il y eut des batailles dans les synagogues et les soldats polonais durent séparer les adversaires. A Ludomir, les bouchers rituels rossèrent un maître d'école qui défendait aux gens de manger le dixième jour de Tebet. A Hrubishev, seules quelques personnes continuaient à croire à Sabbataï Zevi : on les évitait, comme des lépreux, et l'on passa leurs portes à la poix, pour interdire à quiconque de franchir leur seuil. De plus, les habitants défendirent que l'on procurât des vivres aux Fidèles jusqu'à ce qu'ils fussent revenus à la foi véritable. On traita sévèrement les rares croyants qui se repentirent : ils durent se vêtir de haillons, couvrir leurs têtes de cendres, et, couchés sur le plancher, dans l'antichambre de la synagogue, se frapper la poitrine tout en confessant à haute voix leurs péchés. Quiconque entrait ou sortait devait les enjamber. Certains leur crachaient, en outre, à la figure.

Quelques hommes importants, en Pologne, tentèrent de jouer un rôle pacificateur ; mais ils furent assez vite entraînés, eux aussi, dans la controverse et finirent même par l'envenimer. La grande majorité des Juifs redoutait un abandon généralisé de la foi juive, comme aux jours d'Anan et des Karaïtes. Des familles entières se faisaient baptiser, dans chaque colonie juive. Il y eut des Fidèles, dans des grandes communautés comme celles de Jérusalem, Altona et Vilna, qui se suicidèrent.

Les Fidèles eux-mêmes étaient divisés en deux groupes.

Les uns prétendaient que le Messie n'apparaîtrait pas avant que la génération ne fût devenue tout à fait vertueuse. Ceux-là jeûnaient en signe de pénitence et évitaient tout rapport avec leurs femmes. Ils n'en prononçaient pas moins le nom de Sabbataï Zevi une centaine de fois par jour et incisèrent les lettres S et Z sur leurs mezuzoth et sur leurs fenêtres, à la tête de leurs lits. Ils étaient convaincus que Sabbataï Zevi, sous l'aspect d'un homme vivant, était passé dans le Monde de l'Émanation et que l'apostat qui vivait à Istanbul et qui avait pris une femme ismaélite n'était autre que le démon Asmodée.

L'autre groupe affirmait qu'avant que le Messie apparût, il devait entrer dans la Sphère Infernale, afin d'en extraire les étincelles de la sainteté ; il existait un texte explicite à ce sujet, dans l'appendice du Zohar, à savoir : *Tov Milgav Ubish* (Démon par l'extérieur, vertueux à l'intérieur). De plus, le prophète Isaïe avait prédit ceci : « Et il sera compté parmi les pécheurs. » Suivant ceux qui soutenaient cette interprétation, la génération d'avant la Rédemption devait devenir en totalité pécheresse ; en conséquence, ils poussèrent les choses très loin et commirent toutes sortes de fautes. Ils pratiquèrent secrètement l'adultère, mangèrent de la viande de porc et d'autres aliments impurs et accomplirent les travaux spécialement interdits le jour du shabbat, et dont il fallait s'abstenir à tout prix. A Szebreszin, un croyant de cette sorte coupa sa barbe et ses papillotes avec un rasoir. Au milieu de la nuit, un autre fit irruption dans la synagogue de Krasnik et profana les parchemins de la Torah, en rayant le nom de Dieu. Des scribes introduisirent des immondices dans les boîtes des phylactères qui contenaient des versets de la Bible. D'autres croyants souillèrent les bains rituels, de sorte que les femmes ne pouvaient pas se baigner correctement et que leurs époux durent coucher avec elles bien qu'elles fussent impures. D'autes encore jetèrent des morceaux de cadavres dans les maisons de ceux qui étaient de descendance sacerdotale et qui, par suite, furent rendus impurs. Il y en avait qui allaient de maison en maison, pour déposer du saindoux dans les pots, de façon à polluer les aliments que l'on y préparait. Le boucher rituel de Kreshev, afin de rendre impures les bêtes qu'il tuait, gardait son couteau en mauvais état ; en outre, lors de la circoncision des nouveau-nés, il s'y prenait de telle sorte qu'il n'ôtait pas la membrane de la couronne. Quand ces choses furent découvertes, les habitants entourèrent une nuit la maison du boucher rituel, dans l'intention de se venger. Mais il s'échappa, et nul ne sut comment il finit. D'autres parmi les Fidèles répandaient la discorde et la calomnie. Ils rapportaient aux maris des histoires sur leurs femmes, et pareillement aux femmes sur leurs maris ; ils en furent souvent sévèrement corrigés. Ils contraignaient les pieux à profaner le shabbat en éteignant les feux qu'on avait allumés la nuit du vendredi. Souvent des divorces furent la conséquence des accusations d'adultère qu'ils lançaient contre des femmes mariées. Pour acheter le vin qu'ils offraient en sacrifice à leurs idoles ils n'hésitaient pas à vider de leur contenu les troncs destinés à recevoir les aumônes. Dans leur frénésie de corruption, ils en vinrent à pratiquer la magie noire et l'évocation des morts.

Bien qu'elle fût coupée du monde, appauvrie et dépouillée, la ville de Goray constata que la conversion de Sabbataï Zevi n'avait pas mis fin au schisme, mais que celui-ci prenait de jour en jour plus de gravité.

Reb Mordecaï Joseph, Reb Gobel Chasid et beaucoup d'autres abandonnèrent les Fidèles et firent pénitence pour avoir succombé à la séduction du faux rédempteur. Reb Gobel Chasid, vêtu de haillons, se flagellait chaque après-midi, afin d'être lavé de son péché par la souffrance. Il jeûnait toute la journée, jusqu'à la tombée de la nuit, et mangeait alors un morceau de pain avec de l'ail. Reb Mordecaï Joseph allait de maison en maison, excitant l'opinion publique contre les Fidèles. Commentant le désespoir qu'ils faisaient naître en tous lieux, il dressait une longue liste de leurs crimes et mettait en garde les chefs de familles contre eux. Rechele fut la seule que Reb Mordecaï Joseph s'abstint d'accuser. Reb Itche Mates s'était enfermé dans une pièce, à l'étage supérieur de la maison de son beau-père, et s'occupait à écrire sur ses parchemins. Il ne participait pas aux prières en commun et sortait rarement. Nul ne savait de quoi il vivait, car il ne voulait accepter aucun don ; on fit courir le bruit qu'il se nourrissait de colombes qu'il faisait apparaître par des incantations tirées du Livre de la Création.

Reb Gedaliya et Levi étaient toujours les chefs de la ville. Ils excommunièrent Reb Mordecaï Joseph et ses partisans, ordonnant de ne pas s'approcher d'eux à moins de quatre aunes. Reb Gedaliya et Levi transportèrent beaucoup de livres hors de la maison d'étude, soit pour les brûler, soit pour les enterrer ; il ne resta bientôt plus que des ouvrages sur le mystère kabbalistique. Puis ils tendirent une embuscade à Reb Mordecaï Joseph, derrière le bain rituel ; ils lui tombèrent dessus, le piétinèrent, le traînèrent dans la boue, le rouèrent de coups et le laissèrent pour mort. Quelques heures plus tard, l'assistant du bain rituel trouva Reb Mordecaï Joseph, les vêtements couverts de sang et les yeux tuméfiés. A quelques jours de là, les mêmes hommes incitèrent Reb Itche Mates à divorcer d'avec sa femme Rechele, sans tenir compte de ce que la rivière de Goray portait deux noms, et que, traditionnellement, aucune requête en divorce ne pouvait être enregistrée dans la ville. Quant à Reb Gedaliya, il n'attendit pas les quatre-vingt-dix jours légaux et, le lendemain même, il se trouvait avec Rechele sous le dais nuptial, montrant ainsi ouvertement son mépris du Talmud.

Dès lors, Goray fut plongée dans la licence et devint chaque jour plus corrompue. Convaincu que toute infraction à la Loi concourait à la purification individuelle et à l'élévation spirituelle, le peuple de Goray franchit les Quarante-Neuf Portes de l'Impureté. Rares furent ceux qui refusèrent d'imiter les autres ; se tenant à l'écart, ils regardaient Satan qui dansait dans les rues.

Et les actes des Fidèles étaient véritablement une abomination. Les sectateurs se réunissaient dans un endroit secret, chaque nuit ; ils éteignaient les chandelles et couchaient avec les femmes des autres. On disait que Reb Gedaliya avait caché une putain, envoyée par la secte de Zamosć, quelque part dans sa maison, à l'insu de sa femme, Rechele. Une croix en cuivre pendait sur sa poitrine, sous les franges, et il portait une image dans sa pochette. La nuit, Lilith et ses lieutenants Naamah et Machlot lui rendaient visite, et ils s'accouplaient entre eux. La veille du shabbat, habillé de vêtements écarlates et coiffé d'un fez, comme un musulman, il conduisit ses disciples dans les ruines du vieux château, près de Goray. Là, Samaël en personne se présenta devant eux, et tous se prosternèrent devant une statue d'argile. Puis ils dansèrent en cercle, en tenant des torches dans leurs mains. Le rabbin Joseph de la Reina, le traître, descendit du mont Seir pour se joindre à eux sous les traits d'un chien noir. Enfin, suivant la légende, ils entrèrent dans la cave du château et se repurent de chair fraîche : ils déchiraient de leurs mains la volaille vivante et dévoraient la viande avec le sang. Après avoir festoyé, des pères connurent intimement leurs filles, des frères leurs sœurs, des fils leurs mères. Nechele, la femme de Levi, se promena toute nue, s'accouplant avec un cocher sous les yeux de toute l'assemblée, et même de son propre mari...

Goray devint un repaire de voleurs, une ville maudite. Les vieux habitants avaient peur de quitter leurs maisons, car des enfants, qu'on comptait également parmi les Fidèles, jetaient des pierres sur les membres du groupe rival. Les enfants étaient particulièrement effrontés. Ils plaçaient des clous sur les sièges de la synagogue réservés aux vieux habitants de sorte que ceux-ci y déchiraient leurs vêtements ; ils coupaient les franges de leurs châles de prières et brutalisaient leurs chèvres. Quelques garçons versèrent même un baquet d'eaux sales dans la cheminée d'une maison et contaminèrent les récipients et les aliments. Les Fidèles allèrent jusqu'à écrire au gouverneur pour accuser leurs adversaires de déloyauté ; et ils répandirent de l'huile sur leurs biens, se vengeant même sur les petits enfants. Une femme qui revenait du bain rituel fut attaquée dans une rue déserte par quelques hommes en cagoule qui essayèrent de la violer. Elle hurla et ils s'enfuirent en courant.

Le nom de Dieu était partout profané. Dans les villages, les paysans se plaignaient déjà que les Juifs avaient trahi leur religion et étaient en train de se comporter exactement comme des bohémiens et des hors-la-loi. Les prêtres incitaient les masses à la guerre sainte. Ils voyaient déjà tous les Chrétiens fervents rassemblés, épée et lance en main, pour exterminer les Juifs, hommes, femmes et enfants, de sorte qu'il ne restât pas trace du peuple d'Israël (Que Dieu nous sauve !).

11

Le Sacré et le Profane

Depuis que Rechele avait appris que Sabbataï Zevi s'était coiffé du fez, les anges saints avaient cessé de lui apparaître. Elle restait allongée dans son lit à baldaquin, pendant de longues heures chaque nuit, récitant des noms sacrés dans l'attente d'une apparition. Elle invoquait chérubins et séraphins, méditait sur Metatron, le Seigneur de la Face, et le suppliait jusqu'à ce que ses lèvres en fussent fatiguées et ses forces épuisées. Mais elle n'obtenait pas de réponse. Naguère encore, Bethsabée et Abigaïl la visitaient et lui enseignaient les mystères. Quand elle était à moitié endormie, Joseph le Juste lui apparaissait dans toute sa beauté et sa grâce et la guidait à travers les palais célestes. Il lui montrait le Jardin d'Éden et les Portes de la Géhenne, les Trésors de Neige, et les Trois Cent Dix mondes promis aux Justes. Quand elle se réveillait, ses jambes étaient douloureuses de tant d'ascensions à travers les sphères célestes. Mais, à présent, ses pensées étaient stériles. Dans son chagrin, elle ne pouvait toucher aux gâteaux de miel que Chinkele posait devant elle, ni goûter au vin doux, ni aux autres friandises. Elle ne se lavait pas les mains, n'appelait pas la bénédiction sur les mets, ne priait pas, bien qu'elle soupirât après la prière. Son corps, depuis longtemps sans chaleur, se couvrait par moments de transpiration. Les cheveux qui poussaient sur son crâne rasé la piquaient et lui faisaient mal, ses joues étaient creuses, ses yeux dilatés et ses paupières gonflées. Depuis quelques jours, son palais restait constamment sec, sa langue lui causait une impression bizarre — elle semblait entièrement remplir sa bouche — et ses dents étaient douloureuses comme si elle avait mangé quelque chose d'acide ; ses jambes étaient raides et lourdes, son ventre distendu et comme gonflé d'air.

Au début, Reb Gedaliya essaya de raisonner Rechele et de la consoler. Il lui expliquait qu'elle n'avait descendu un échelon que pour mieux le franchir ; il essayait de la réconforter par ses paroles et d'exalter son esprit. Empruntant un violon, il jouait pour elle, au milieu de la semaine, une mélodie de la nuit du shabbat. Il chargea un messager de lui acheter un collier et un bracelet et invita les jeunes femmes à pénétrer dans sa chambre sans autre permission, à l'entretenir et à la divertir. Il envoya même Levi auprès de Rechele, pour lui expliquer les nouvelles manières de servir Dieu et pour commenter le vers : « Et je vivrai avec toi au sein de ton impureté. » Mais Rechele accueillit Levi comme si elle ne le reconnaissait pas ; elle restait distraite, et son âme semblait être ailleurs.

Rechele était en proie à des phénomènes mystérieux et terrifiants. Bien que sa chambre fût chauffée deux fois par jour, elle était constamment secouée de frissons qui semblaient provenir du plus profond d'elle-même. Souvent son cœur palpitait comme une créature vivante ; quelque chose se contractait, s'agitait et se tordait comme un serpent, logé dans les replis de son être. Ses bras et ses jambes étaient faibles et leurs articulations semblaient se disloquer. Sa tête s'inclinait de façon maladive, et elle n'avait pas la force de la redresser. A la tombée de la nuit, elle s'effondrait sur son lit, où elle restait en transes pendant des heures. Son crâne lui semblait rempli de sable, sa bouche était béante. Elle se réveillait toujours au même moment, prise de panique, comme une morte que les cris des veilleurs funèbres auraient rappelée à la vie. Sa gorge était serrée et enflée comme si elle avait été étranglée ; son sang figé se réchauffait lentement et recommençait à couler dans ses veines. Il lui semblait que son corps, après avoir connu la mort, revivait par degré.

Mais qu'était-il advenu de Rechele la prophétesse ? La Piété et la Grâce de Dieu l'avaient quittée. Elle avait perdu tout désir d'étudier les livres saints et se montrait indifférente aux affaires de ce monde. Elle recevait les visiteurs avec froideur et confondait leurs noms. Elle avait cessé de se baigner chaque matin et ne portait plus ses parures. Depuis longtemps déjà, quelqu'un, au plus profond de son être, réfléchissait à sa place de façon bizarre, quelqu'un posait des questions et répondait — comme si un dialogue s'instituait dans son esprit, compliqué, fastidieux, sans queue ni tête. Pendant des jours et des nuits interminables, l'argument se développait. Des paroles sublimes étaient prononcées, la Torah était expliquée méticuleusement, aussi bien que les œuvres séculières ; les antagonistes discutaient avec opiniâtreté. Souvent Rechele essayait de comprendre les thèmes de leur discussion et, plus tard, de se les rappeler ; mais ils lui échappaient comme font les mots dans un rêve. Parfois Rechele avait l'impression que ces phénomènes ne se produisaient qu'en elle ; à d'autres moments, elle eut des visions qui apparurent et disparurent à l'instant même, la laissant dans le doute sur ce qui venait de se passer. Une fois, Rechele discerna l'une des exclamations des adversaires :

« Dieu est mort ! Le Masque régnera pour toujours et toujours ! »

C'était un homme de grande taille qui disait cela, gris comme la cendre, terrifiant, filiforme. De longues mèches de cheveux pendaient de sa tête ; un sardonique sourire passait sur sa face creuse et incolore. Aussitôt après qu'il eut parlé, une autre voix chanta le verset de la Haggadah de la Pâque :

« Je suis le Seigneur ! Je suis Lui, et personne d'autre ! »

Le Sacré et le Profane s'opposaient. Le Sacré avait un visage, mais pas de corps. La Face, empourprée comme après un bain, portait une barbe blanche et de longues papillottes. Une calotte en velours recouvrait le haut de son front. La Face s'inclinait pour la prière ; elle parlait avec ferveur, comme autrefois Rabbi Benish, quand il chantait les versets sacrés ; elle posait des questions sur la Torah et y répondait ; elle racontait de saintes paraboles pour fortifier la foi et vaincre l'incrédulité. Avec son orgueil sacré, la Face récitait la bénédiction avant les repas, et les prières du début et de la fin du shabbat, aussi bien que des passages entiers de la liturgie et du Zohar. Quelquefois, en fermant les yeux, Rechele pouvait voir la Face surgir de l'obscurité. De minuscules rides frémissaient aux coins de ses yeux. De délicates veines bleues luisaient dans ses joues rouges ; ses yeux souriaient avec une grâce grand-paternelle.

Le Profane avait pris place quelque part dans l'obscurité, aussi profonde que celle d'une cave. De temps en temps, il parlait d'une voix basse, sans timbre. Dissimulé et voilé, il était comme enfermé dans une membrane ou dans un cocon. Souvent, il changeait d'aspect — et tantôt prenait l'apparence humaine, tantôt celle d'une chauve-souris ou d'une araignée. Par moments, tout ce que Rechele pouvait apercevoir était une bouche ouverte, fendue comme celle d'une grenouille. Le Profane était impertinent, et il faisait des réflexions obscènes. Alors sa voix mugissait, au sortir de la Fosse, ou de la caverne, où il se dissimulait. Il multipliait sarcasmes et blasphèmes, quand il citait les noms des saints hommes et des anges. Un torrent d'obscénités s'échappait de ses lèvres. La profusion de ses moqueries incitait Rechele à rire, bien qu'elle sût que ce serait un péché.

D'où venaient de telles pensées infâmes ? Le Profane nommait les parties sexuelles de l'homme et de la femme par leurs noms les plus crus ; il montrait à Rechele des spectacles ignobles et découvrait des sens obscènes dans les versets bibliques. Il n'épargnait pas davantage les patriarches, ni le roi David, ni Bethsabée, ni la reine Esther. Il dépeignait la copulation de bêtes et d'animaux, celle d'un bœuf avec une femme, et celle d'un homme avec une truie. Il racontait des histoires de femmes qui couchaient la nuit avec des hommes monstrueux, et de jeunes filles qui avaient des rendez-vous avec des lutins et des esprits malfaisants. Il récitait des incantations magiques en araméen et invoquait en latin des démons dévastateurs. Quelquefois le Profane se mettait à parler de façon incohérente, dans une langue étrange ; sa bouche édentée ricanait ; il en sortait des sons gutturaux, comme si quelque chose le chatouillait. Il arrivait qu'il mît en rimes les moqueries qu'il adressait à Rechele :

Rechele maintenant
Je veux t'apprendre comment...

Rechele était terrifiée par le Profane. Il devenait de jour en jour plus fort, plus importun. Quand Rechele était couchée et qu'elle fermait les yeux, la Face du Sacré s'éloignait parfois et devenait aussi petite qu'une noix, avant de disparaître complètement. Une nuit, Rechele se trouva elle-même dans un endroit clos, plein de monticules, de broussailles et de pierres — et qui ressemblait à un cimetière. A la lueur crépusculaire, elle discernait des pots cassés, des chiffons, et des flaques d'eau, comme si l'on eût lavé un cadavre. Elle se trouvait devant une hutte sans aucune ouverture qu'un trou dans le mur, par laquelle s'échappait de la vapeur. Une lueur mourante filtrait à travers les fissures de la hutte, et quelque chose apparaissait, qui ressemblait à un poumon, rouge et gonflé de sang. Dans son effroi, Rechele voulait s'enfuir, mais ses jambes étaient de plomb et chancelantes. Désespérément, elle essayait de courir ; mais elle ne pouvait que se perdre dans un passage souterrain sans ouvertures, aux murs pleins et aux chevrons voûtés. Rechele montait et descendait, rampant le long d'étroits boyaux, et, malgré la faiblesse de ses bras, elle grimpait sur des échelles branlantes et se hissait sur des câbles. Mais elle continuait à sombrer, et plus elle descendait, plus il faisait noir, et plus l'air devenait étouffant. Une figure barbue la poursuivait, poilue, nue, mouillée et puante, avec de longues mains de singe, la gueule ouverte. La Chose la rejoignit enfin, l'emporta aussi aisément qu'une plume (car tout d'un coup elle n'avait plus de poids) et s'envola avec elle au-dessus de rues sombres et de grands édifices, à travers un espace sans horizon, plein de monticules, de trous et d'immondices. Derrière eux courait une multitude de choses ailées, moitié diables et moitié hommes, qui les montraient du doigt et les poursuivaient. La Chose, énorme et putride, l'emportait au-dessus des toitures escarpées, des gouttières et des cheminées ; elle ne pouvait lui échapper. Elle suffoquait et la Chose la serrait contre elle, l'appuyait contre elle. La Chose était un mâle : il voulait la violer. Il écrasait ses seins ; il essayait d'écarter ses jambes de force avec ses genoux osseux. Il lui adressait de brèves paroles, d'une voix rauque et haletante ; il l'implorait et la suppliait :

« Rechele ! Vite ! Laisse-moi faire ! Je veux te souiller !

— Non, non !

— Rechele, fais une alliance avec moi !

— Non, non !

— Rechele, tu es déjà souillée ! »

Il la coucha par terre et la pénétra. Elle voulut pousser un cri de douleur, mais aucun son ne sortit de sa bouche, et elle se réveilla. Elle voyait clairement que l'ombre dans la maison était remplie de choses diaboliques, d'êtres déments courant deçà de-là, sautillant comme sur des charbons ardents, oscillant comme s'ils étaient tous en train de pétrir une grande auge de pâte. Une exultation moqueuse brillait sur leurs visages. Rechele ne pouvait se rappeler qui elle était, où elle était, ni ce qui était arrivé. Sa tête pesait comme une pierre, une substance visqueuse recouvrait sa peau. De temps à autre, Reb Gedaliya l'entendait haleter. Il allumait une chandelle et accourait auprès de son lit. Il lui frottait les tempes avec du vinaigre, soufflait sur elle et l'éventait, pour chasser l'intrus. Reb Gedaliya crachait trois fois et examinait chaque coin de la chambre pour y découvrir des traces d'une visite. Ses longues mains tremblaient ; la sueur inondait son corps et dégouttait ; il hurlait, comme si elle était sourde :

« Réveille-toi ! Rechele ! N'aie pas peur ! Tu as eu une vision enchanteresse ! C'est une vision enchanteresse que tu as eue ! Enchanteresse était la vision que tu as eue ! »

12

Rechele est fécondée par Satan

A Goray sévissait la famine. Dans les boutiques à moitié vides, les marchands somnolaient devant les fourneaux refroidis ; manquant d'outils, les artisans étaient oisifs ; tout s'était écroulé depuis l'été. On n'avait moissonné que des tiges creuses dans les champs, et il n'y avait rien à semer. Les paysans quittaient leurs familles et partaient mendier à travers la campagne ; leurs chevaux efflanqués ne furent tirés de l'écurie que pour devenir la proie des loups. Depuis bien des années on n'avait pas connu de famine aussi catastrophique. On trouvait sur les routes des gens morts de froid ; les moulins étaient arrêtés, car il n'y avait pas de grain à moudre.

Les gens de Goray étaient sans forces. Les personnes corpulentes devenaient jaune safran — s'affaiblissaient tandis qu'une pellicule blanche voilait leur regard. Les personnes minces voyaient leur visage devenir luisant et bouffi et souffraient de rages de dents. Les bavards devenaient silencieux, les plaisantins cessaient de rire. Même les enfants oubliaient leur espièglerie, et leurs yeux, comme ceux des adultes, exprimaient la peur. Depuis le petit matin jusqu'à la nuit tombée, les hommes restaient assis dans la maison d'étude, se réchauffant auprès du large poêle de faïence. Au début ils se disputaient encore. Les Fidèles disaient que Sabbataï Zevi régnait à Istanbul et qu'il avait envoyé des messages aux Dix Tribus, leur recommandant de le rejoindre et de ne pas tenir compte de ce qu'il avait fait, car ses actions avaient été ordonnées par le Ciel. Les premiers des cinquante bateaux chargés de grands guerriers, de chariots et d'armes étaient déjà en route, pour engager le combat. Mais leurs adversaires étaient sûrs que Sabbataï Zevi, qui avait changé son nom contre celui de Mohammed Bashi, était devenu un calife et un ennemi des Juifs, et qu'il était responsable de l'expulsion des Juifs pieux. Souvent les adversaires en venaient aux mains, déchiraient lettres et libelles, brandissaient des ceintures et faisaient couler le sang.

Mais à présent, comme s'il ne restait plus rien à dire, tout était silencieux. Le désespoir étreignait la ville. Les vieillards s'épouillaient eux-mêmes publiquement et ronflaient sans retenue sur les tables et les bancs de la maison d'étude. Les jeunes garçons jouaient à Chèvre et Loup et ne regardaient jamais dans leurs livres, puisque personne ne se souciait de ce qu'ils faisaient. Au reste il n'y avait même plus de péchés ; l'Esprit du Mal lui-même semblait assoupi. Chacun allait son chemin dans la solitude. Si un marchand ambulant passait par hasard à Goray, il errait pendant quelque temps dans les rues d'un air désolé, et puis, avec son sac vide, une malédiction aux lèvres, il repartait.

Hélas ! toutes sortes d'épreuves assaillaient Goray. En cet hiver, les incendies étaient fréquents. Des maisons semblaient prendre feu d'elles-mêmes et brûlaient complètement. Il n'en restait que des tessons de pots et les carcasses des cheminées. Plus que jamais, cette année, les gens glissaient, se cassaient bras et jambes. Parce que les granges étaient vides, les mulots s'introduisaient dans les maisons. Des putois étranglaient les poulets et mordaient même les enfants. Des voleurs entraient par effraction dans les demeures isolées ; des ours et des sangliers étaient à l'affût sur les routes. Les démons destructeurs avaient été aperçus ouvertement circulant dans les rues de Goray. Chaque nuit ils frappaient sur les vitres de la maison de Reb Gobel Chasid. Si l'on allumait une chandelle, on apercevait sur le mur l'ombre d'une main de squelette, les cinq doigts déployés. Dans la maison de Levi, des gémissements, semblables à ceux d'une femme dans les douleurs, venaient de la cheminée. Le jeudi des diablotins renversaient l'auge où l'on pétrissait la pâte pour le pain blanc du Shabbat ; ils jetaient des poignées de sel dans les pots où mijotait le dîner et arrachaient les mezuzoth des portes ; puis ils allaient festoyer dans les endroits déserts. D'autres diablotins se suspendaient aux rayons de roues d'un chariot, tiraient celui-ci en arrière et aveuglaient le cheval. Ils se déguisaient en boucs, et ils dansaient devant les femmes qui revenaient du bain rituel. Un soir, comme Chinkele se rendait à la prière commune des femmes, elle aperçut une bête à peau noire qui rampait vers elle, au clair de lune. Elle essaya de courir, mais le monstre se cabra sur ses pattes de derrière, tel un homme, et la poursuivit, jusqu'à ce qu'elle tombe dans un fossé. Le soir suivant, la même créature effraya des enfants dans la rue. L'un des garçons entendit la bête hurler quelque chose dans une langue des Gentils. Chacun comprit immédiatement que c'était un loup-garou. Les uns chuchotaient que c'était le seigneur fou Zamoyski, car une fois le loup-garou déchargea un pistolet et répandit quelques ducats en or. On se précipita pour en parler à Reb Gedaliya et à Rechele la prophétesse, — mais, là aussi, Satan était le maître.

Rechele avait été possédée par Satan. Elle l'avoua elle-même à son mari : Samaël était venu la voir la nuit et l'avait violée. Un démon destructeur grandissait dans ses flancs. Elle pria Reb Gedaliya d'examiner son ventre, et il découvrit qu'il était, en effet, tendu comme un tambour. Rechele dit également à Reb Gedaliya qu'elle n'avait plus ses règles, et elle lui montrait où les démons avaient fait sept nattes dans ses cheveux. D'abord Reb Gedaliya ne voulut pas croire Rechele, et il soutenait que c'était pure imagination. Cette nuit-là, il alluma beaucoup de lumière dans sa chambre, plaça des amulettes partout, et récita différentes formules de conjuration, car il souhaitait rester avec Rechele. Mais, au moment où il s'allongeait à côté d'elle, toutes les chandelles s'éteignirent, et il sentit sur ses tempes un souffle qui le fit sauter du lit. Alors il entendit une voix qui lui criait :

« Ne la touche pas, car elle a fait une alliance avec moi ! Lève-toi et va-t'en vite ! »

Dès lors Reb Gedaliya évita tous les rapports avec Rechele et la laissa seule. Il chassa même Chinkele et prit à sa place une jeune servante muette, pour empêcher les gens de découvrir cette dernière disgrâce. Parce que sa femme aimée lui avait été volée, Reb Gedaliya se mit à boire et à dormir toute la journée sur son bat-flanc. Ses amis l'abandonnèrent, et il aurait certainement été chassé de la ville si les bouchers n'avaient pas pris son parti. Pendant ce temps, des choses horribles arrivaient à Rechele.

Chaque nuit, Satan visitait Rechele pour la tourmenter. Il était noir et grand, avec des yeux de feu et une longue queue ; son corps était froid, ses lèvres squameuses, et il exhalait des jets de flammes. Il la violait si souvent qu'elle n'avait plus la force de bouger. Ensuite il se levait et la tourmentait de toutes sortes de façons : il lui arrachait des cheveux, un à un, ou il enroulait ses nattes autour de son cou ; il la pinçait aux hanches et mordait ses seins de ses dents pointues. Quand elle gémissait, il lui crachait à la gorge. Il versait de l'eau sur son drap et prétendait qu'elle avait mouillé son lit. Il l'obligeait à lui montrer ses parties cachées et à boire de l'urine. Il la dépravait en répétant le nom de Dieu et en le blasphémant ; la nuit du vendredi, il la forçait à profaner le shabbat en déchirant du papier et en touchant les chandeliers rituels. Souvent Satan faisait à Rechele des récits obscènes, et Reb Gedaliya, de l'autre côté du mur, entendait son rire dément résonner dans la nuit. Une fois, Reb Gedaliya ouvrit la porte de l'Arche Sacrée pour y prendre le rouleau de la Torah et trouva l'étui du rouleau tailladé ; un morceau de fumier était déposé à l'intérieur...

Rechele souffrait les tourments les plus extraordinaires. Par moments, le diable faisait éclater l'un de ses seins. Un pied enfla. Sa nuque devenait raide. Rechele extrayait de petites pierres, des poils, des brins d'étoffe et des vers de tous les petits abcès purulents qui se formaient sur ses cuisses et sous ses bras. Bien qu'elle eût cessé depuis longtemps de manger, Rechele vomissait souvent, libérant des reptiles qui glissaient au-dehors, la queue la première. Quelquefois, elle aboyait comme un chien, beuglait comme une vache, hennissait comme un cheval, ou faisait entendre les rugissements du lion et les feulements du léopard. Certains jours, elle ne pouvait ouvrir la bouche ; il y en avait d'autres où elle était sourde. De temps en temps elle louchait et bégayait de façon incompréhensible, comme si elle parlait dans son sommeil. Les pilules qu'on lui donnait pour sa maladie restaient dans sa gorge, et elle devait les recracher.

Reb Gedaliya s'efforçait vainement de tenir secret ce qui était arrivé ; mais les murs avaient des oreilles. Son étrange comportement fut remarqué partout. La nuit, quand la lune brillait, Rechele allait dans la neige nu-pieds et en chemise. Somnambule, elle visitait le cimetière, où elle se traînait entre les pierres tombales ; elle grattait dans la boue avec ses ongles, déterrait des enfants morts et grimpait au sommet des tombeaux. On l'avait vue assise sur le bord du puits, et qui chantait comme un coq. Une femme jurait avoir aperçu Rechele chevauchant un balai, avec un chien qui roulait derrière elle sur un cerceau.

Les commissionnaires des villages rencontraient Rechele sur les berges de la rivière, en train de rincer ses vêtements. Le récit de ce qui était arrivé à Rechele se répandit jusqu'à Yanov, Turbin, Zamosć, Krasnik, et même jusqu'à Lublin, car son nom était célèbre comme celui d'une prophétesse. Les paysans également apprirent que Satan avait possédé le corps d'une fille des Juifs, et l'on en parlait dans les foires et dans les tavernes. Les volets de la maison de Reb Gedaliya étaient barricadés jour et nuit, et il ne se montrait plus au-dehors avant le crépuscule. Alors Reb Gedaliya s'enveloppait de son grand manteau et se rendait à l'abattoir, portant un gros bâton et une lanterne, dans la crainte des gens et des moqueries qu'il lisait dans leurs yeux.

13

Le dybbuk de Goray

Voici l'histoire merveilleuse d'une femme possédée par un dybbuk (que Dieu nous en garde). Elle est tirée de ce livre merveilleux, Les Œuvres de ce monde, *et fut traduite en yiddish pour que les femmes, les jeunes filles et le peuple puissent parfaitement comprendre le caractère miraculeux de ces événements et qu'ils puissent imposer à leurs cœurs de retrouver le chemin de Dieu ; et qu'ils sachent combien est lourd le châtiment du pécheur qui a souillé son âme. (Dieu nous sauve.)*

Que le Tout-Puissant nous préserve de tout Mal ; qu'il détourne de nous sa colère et qu'il chasse Satan et ses semblables pour toujours et toujours, Amen.

Et ceci arriva dans la ville de Goray, au milieu des collines, près des saintes communautés de Zamosć, Turbin, Krashnik, *et al.*, où jadis vivait l'auteur de l'ouvrage *L'Offrande Sacrée*, et où plus tard Rabbi Benish Ashkenazi occupa la chaire rabbinique (puisse la mémoire du Juste être une bénédiction pour nous tous). Ceci arriva dans cette année terrible où les piliers de la terre furent ébranlés par l'imposture de Sabbataï Zevi. (Que son souvenir soit effacé !) Celui-ci (car nos péchés sont grands) se convertit lui-même et détourna beaucoup d'autres des justes sentiers, et beaucoup de fidèles parmi eux ; et il embrasa chaque coin de la terre de l'Exil. Puisse Dieu, qui est un Dieu jaloux et vengeur, lui donner son dû, et le châtiment qu'il a mérité pour ses crimes. Puissions-nous être jugés dignes de témoigner d'une rédemption véritable et complète, prochaine et contemporaine de nous. Amen.

Et dans la ville de Goray il y avait un homme qui était connu partout, car c'était un homme craignant Dieu et d'un abord agréable, et dont les actes s'inspiraient du Bien ; et le nom de cet homme était Gedaliya ; et cet homme était versé dans les pratiques de la Kabbale et de ses mystères ; en usant de sortilèges, il pouvait tirer du vin d'une muraille et il était expert dans la science de l'alchimie ; et chaque veille de shabbat il faisait naître un veau à trois têtes suivant la tradition relative à nos Saints Amoraïm ; cet homme connaissait également beaucoup d'élixirs, car il était savant et il trouvait grâce aux yeux de tous les hommes par son langage compréhensible et facile. Mais, en fait, il était un fils de Bélial et entièrement perverti ; et tout ce qu'il faisait n'avait pour but que de braver le Créateur béni : car, en secret, il invoquait le nom du Profane et il évoquait Lilith, Naamah, Machlot et tous les autres démons destructeurs, pour qu'ils puissent faire ses volontés et qu'il puisse faire les leurs ; et après cette métamorphose, il amassa des trésors — or, argent, diamants et pierres précieuses ; et il trompa les habitants, connut intimement leurs femmes, fut le père de bâtards sans nombre ; dans sa luxure et dans sa licence, il accomplit des choses si honteuses qu'on ne peut les écrire dans un livre ; la parole du Sage doit suffire.

Et, voyez-vous (pour ses péchés qui étaient nombreux), sa propre femme (qu'il avait volée par ruse à son mari, un homme parmi les plus justes) tomba dans le filet des Créatures de l'Autre Monde, et un dybbuk la posséda, et pourtant elle avait la réputation d'une femme honnête et Élie lui-même se révéla à elle ; aucun fils d'homme ne pouvait vraiment croire les nouvelles qui venaient à ses oreilles et tous étaient curieux de vérifier si, oui ou non, il y avait quelque chose de vrai dans ce que l'on en rapportait. Or, c'était vrai, car la jeune femme (Rechele était son nom) était couchée toute nue dans sa maison et sa honte était découverte, et tous les objets étaient brisés, le linge du lit déchiré ; et elle poussa un grand cri de douleur ; et quand tous les anciens de la ville et ses chefs se pressèrent autour d'elle, ils ne purent la reconnaître, car son aspect était complètement changé ; son visage était comme craie, et ses lèvres se tordaient comme sous l'effet d'une attaque (Dieu nous vienne en aide !) et les pupilles de ses yeux étaient révulsées d'une façon surnaturelle ; et la voix qu'elle faisait entendre n'était pas sa propre voix. Car sa voix était une voix de femme et le dybbuk s'exprimait avec la voix d'un homme, une voix mêlée de pleurs et de gémissements, et telle que la terreur saisit tous ceux qui étaient présents et que leurs cœurs étaient glacés d'effroi, et que leurs genoux tremblaient. Et comme elle était couchée, les jambes écartées, comme une femme en couches sur la chaise de travail, les femmes voulaient rapprocher ses jambes l'une de l'autre, car ce spectacle était honteux en présence des hommes ; et aussi elles la recouvraient. Mais aussitôt ses vêtements se détachaient de son corps, car l'esprit du Mal les arrachait, et la grande force qui animait ses membres n'était pas naturelle, même les hommes ne pouvaient pas en venir à bout ; et le fait était pour tous une énigme et un véritable mystère.

Et il arriva que, lorsque Reb Gedaliya vit ce qui avait transpiré et ce qui s'était produit, il fut très honteux au point que la honte couvrait son visage. Car il pensait dans son cœur : « Que diront les gens ? Si l'esprit a pris possession de la femme de Reb Gedaliya et si celui-ci n'a trouvé aucun moyen de l'en empêcher, alors certainement il n'est pas un homme honnête et toutes ses amulettes sont fausses et les gens se moqueront de lui et se vengeront sur lui. » Et voilà pourquoi, dans sa ruse, il dit : « Vous voyez, maintenant, elle a perdu la raison et toutes ses paroles sont celles d'une folle. » Alors le dybbuk se mit à hurler : « Hélas, deux fois hélas, homme mauvais, tu as prêché le Mal et tu as corrompu ton âme par les moyens les plus détestables, et tu as couché avec des putains et tu as forniqué. Et crois-tu maintenant devoir nier le témoignage de tes propres yeux, de peur que ton crime ne soit évident à tous les hommes, crois-tu pouvoir encore les tromper, avec ta ruse et ton insolence ? »

Et ceci arriva : Quand Reb Gedaliya entendit ces mots, les forces l'abandonnèrent ; mais voilà qu'il revint à lui, et il cria : « Elle est complètement folle » ; mais les gens ne l'écoutaient plus et ne voulaient plus le croire : et il y avait là un homme pieux, un certain Reb Mordecaï Joseph (puisse sa mémoire être une bénédiction pour nous tous), qui jadis était descendu au plus profond du Shéol ; mais ensuite, il avait fait pénitence et avait sauvé son âme : Et il était zélé dans le service de Dieu et il leva son bâton et frappa Gedaliya ; et il cria : « Misérable, maintenant tu n'aveugleras plus longtemps les yeux de ce peuple ; car tu es un séducteur et un magicien et tu es la cause des calamités qui nous ont tous frappés, nous tous qui devons boire la coupe de persécution jusqu'à la lie. » Alors, le puissant Gedaliya aurait voulu le tuer, mais le peuple prit son parti et le défendit.

Et maintenant le dybbuk hurlait ses péchés, dans une lamentation plaintive et gémissante. Et la femme souleva une lourde pierre et s'en frappa la poitrine ; et le miracle était que ses membres n'en furent pas brisés, que ses os ne furent pas fracassés, bien que la pierre fût si énorme que trois hommes forts n'auraient pas pu la déplacer ; mais, dans ses mains, elle était comme une plume. Et elle frappait son corps avec la pierre, de la tête aux pieds, à coups redoublés, sans s'arrêter, et cet homme pieux, Reb Mordecaï Joseph (que sa mémoire répande sa bénédiction sur nous), se ceignit les reins et demanda : « Pourquoi cries-tu : pourquoi lui fais-tu tant de mal ? »

Et le dybbuk répondit d'une voix forte et stridente : « Comment ne crierais-je pas ? et comment ne gémirais-je pas ? Je me vois transporté parmi les vivants et j'ai souillé mon âme et commis tous les péchés cités dans la Torah. Je venais de Lublin, et là, j'étais l'un de ces jeunes frivoles qui lampent la bière dans les tavernes et folâtrent dans les lupanars ; et je me rebellais contre tout commandement de Dieu et m'attirais Sa colère ; le jour du saint shabbat je travaillais et je mangeais du porc et d'autres aliments défendus ; et le jour de Yom Kippur, je festoyais par rancune, et buvais du vin et donnais libre cours à mes désirs ; et je forniquais aussi avec des bêtes, des animaux et des oiseaux. Malheur à moi, car je disais dans mon cœur : “ Il n’y a ni justice ni juge. ” Et je niais que la Torah soit du Ciel ; et je méprisais tous les sages instruits, et je jurais avec impudence contre eux ; et je lançais des chiens à leur poursuite, comme font les mauvais plaisants. Quand soudain je ressentis un choc, et c’était une maladie dont personne ne réchappe, et je vis clairement que ma fin était venue. Mais (tel est le chemin du coupable) je ne fis pas ma soumission et je restai insolent, à la porte même de la Géhenne ; et avant ma mort, mes camarades venaient chez moi et ils me demandaient : “ Abraham (tel était mon nom), es-tu repentant ? ” Et je leur répondais dans mon orgueil : “ Même maintenant, je ne crois pas qu’il y ait un Créateur dans l’univers ” ; et avant d’expirer, je blasphémais et ainsi mon âme quitta mon corps en le reniant.

« *Et ceci arriva :* J’étais seulement mort, mais pas encore délivré et couché sous la terre ; trois mauvais esprits s’emparèrent de moi ; et ils me tourmentèrent cruellement, et ils me piétinèrent, et ils m’affligèrent avec acharnement ; et alors je vis qu’en effet il y a une punition ; seulement, il était déjà trop tard ; et tout le temps que j’étais sous terre, ils pratiquaient sur moi toutes sortes de tortures, des tortures que l’on ne peut pas raconter ; et j’appelais mes parents pour chercher à soulager ma peine ; mais ils ne pouvaient entendre ma voix, car je n’étais déjà plus de ce monde ; et des dizaines de milliers et des millions de milliards de diablotins suivaient mon enterrement ; et ils étaient tous mes enfants, ceux que j’avais conçus dans la souillure et la fornication continuelles ; et ils m’appelaient Père et ma honte était sans bornes.

« Et quand on m’eut descendu dans la tombe et

que la dernière pelletée de terre fut retombée sur moi, l'Ange Dumah vint me voir : et il grattait sur ma tombe de sa baguette de feu et la tombe brusquement s'ouvrit. Et il appela *Mah Shemecha* (quel est ton nom) et je ne pus me rappeler le verset, car je n'avais pas prié ; et l'Ange cria : " Engeance répugnante ! Pécheur contre le Seigneur de la Terre d'Israël, ici n'est pas ta place ! Quitte cette tombe et vole vers le nœud coulant de la corde : car ta place n'est pas dans le cimetière où tant d'hommes honorables et justes reposent en paix " ; et j'essayai de le supplier, mais il arracha le linceul de mon corps et, me touchant de sa baguette de feu, il me chassa.

« Et voilà que m'attendaient de grandes armées de démons et d'esprits destructeurs et des messagers d'anéantissement et ils étaient tous prêts à s'élancer sur moi, dans leur colère, et à me mettre en pièces. Et ils venaient vers moi, furieux et ricanants, et ils me donnaient la chasse et ils sifflaient et hurlaient derrière moi et me poursuivaient à travers le lieu désert ; je pensais les fuir et leur échapper, mais il n'y avait aucune cachette, et ils me capturaient, et me lançaient, et me ballottaient comme un oiseau dans le vent : l'un me tirait par la main droite et l'autre par la main gauche et, jour et nuit, ils ne me quittaient pas ; ils jouissaient de ma terreur ; tous les parchemins du Ciel et toute l'encre des mers ne suffiraient pas pour écrire la millième partie de mon tourment. Telle était mon angoisse que j'entrai dans la feuille d'un arbre ; mais là aussi ma douleur était sans limites, car lorsque la feuille était agitée par le vent, je tremblais et me tordais exactement comme si j'étais un homme vivant : toutefois, aussi longtemps que je restais dans la feuille, les démons ne pouvaient me faire du mal : mais je fus obligé de la quitter, car un ver rampait dans ma cachette et me mordit ; et, au moment où je quittai la feuille, les noires légions m'entourèrent sauvagement et me roulèrent à travers toute l'étendue d'un désert plein de serpents et de scorpions, et de vipères à cornes ; et dans ma détresse j'entrai dans une grenouille ; mais, là, trop de choses étaient pour moi amères, car un homme ne peut habiter dans une grenouille qui se reproduit dans les eaux stagnantes et dans les marécages pestilentiels. La grenouille souffrit, dépérit et son ventre gonfla ; et ainsi je passai d'une créature à une autre ; en outre, pendant nombre d'années, je vécus dans une meule et quand elle tournait, elle frottait contre mes membres et ma souffrance était extrême. »

Et Reb Mordecaï Joseph demanda au dybbuk : « Comment as-tu pénétré dans cette femme, et par quels moyens as-tu assuré ton pouvoir sur elle ? » Et le dybbuk répondit : « Faites savoir que Gedaliya est un traître à la foi et un apostat maléfique et qu'il a infligé à sa femme de nombreuses souillures ; c'est pour cela que j'ai pu assurer mon pouvoir sur elle ; car, un matin, la femme voulait allumer le feu avec deux pierres de silex et les étincelles ne voulaient pas allumer la mèche : et elle prononça le nom de Satan ; et, au moment même où j'entendis cela, j'entrai dans son corps. »

Et Reb Mordecaï Joseph dit à l'esprit : « Par quel chemin as-tu pénétré dans cette femme ? » Et le dybbuk parla et dit :

« Par ce même endroit. »

Alors Reb Mordecaï Joseph se leva et frappa Gedaliya avec violence ; les autres hommes aussi se jetèrent sur lui, le rouèrent de coups et répandirent son sang, lui arrachant la barbe, jusqu'à ce qu'il tombât évanoui sur le sol ; et Reb Mordecaï Joseph (que sa mémoire soit une bénédiction !) le fouetta quarante fois jusqu'à ce que son sang coulât à flots ; et les gens se saisirent de lui et le précipitèrent dans la geôle qui se trouve dans l'antichambre de la synagogue ; et ils l'enchaînèrent au pilori ; et c'est là qu'il resta en attendant d'être jugé : car les Gentils aussi condamnaient les sorciers dans leurs jugements, et en firent brûler un grand nombre sur le bûcher. Et ils désignèrent un gardien pour le surveiller.

14

La mort de Rechele

Et il arriva après ces événements, quand le coupable Gedaliya eut été emprisonné, que Reb Mordecaï Joseph (que sa mémoire soit une bénédiction !) pria des hommes robustes de porter la jeune femme dans la maison d'étude, où le mauvais esprit pourrait être chassé de son corps : car le dybbuk lui infligeait toutes sortes de tourments et l'incitait à blasphémer le nom de Dieu (Dieu nous en garde !) ; et grande était la pitié qu'inspirait cette femme ; et les hommes robustes la soulevèrent et la prirent dans leurs bras et, malgré sa résistance, l'emportèrent dans la cour de la synagogue. Pendant tout ce temps, la femme resta calme et silencieuse, comme si ses forces l'avaient abandonnée ; et elle était comme un petit enfant. Mais quand ils arrivèrent près de la porte de l'antichambre de la synagogue, le dybbuk se mit à hurler et à gémir : « Ne m'approchez pas davantage de cet endroit, car l'air d'un lieu sacré m'est insupportable » ; et son cri fut entendu de partout. Mais les hommes ne se soucièrent pas du dybbuk ; et ils portèrent la femme dans la maison d'étude, avec une grande vigueur, bien qu'elle se débattît contre eux. Et elle se démenait avec une force supérieure à celle d'un homme, car l'esprit malin lui communiquait sa puissance.

Et il arriva, quand la femme fut étendue sur le pupitre, que le dybbuk éclata en sanglots, au point que tous ceux qui l'entendaient pleuraient avec lui ; car non seulement les femmes, mais aussi les hommes, étaient remplis de pitié. Et le dybbuk criait ces mots : « Pourquoi n'avez-vous pas pitié de moi ? Pourquoi faites-vous tout cela pour me nuire et pour me tourmenter ? Vous savez bien pourtant que toute chose sacrée provoque en moi des souffrances comparables à celles que provoque une aiguille dans la chair d'un homme vivant. Maintenant cherchez à découvrir quelle injustice j'ai commise à l'égard de cette femme, elle qui, avant le moment où je pénétrai en elle, était faible et malade, et avait besoin de bouillon pour se nourrir, et devait s'appuyer sur un bâton pour se soutenir ; et maintenant que je suis entré en elle, voici qu'elle a repris des forces et qu'elle est devenue capable de soulever de lourds fardeaux et d'aller dans la froidure sans vêtements chauds, et d'accomplir tous les désirs de son cœur. Pourquoi donc vous êtes-vous unis pour m'anéantir, moi qui suis de la semence d'Israël et que possède une grande peur des Créatures de l'Autre Monde ? Certaines d'entre elles ont l'apparence de sangliers à huit têtes, et le poison que recèlent leurs groins est le feu même de la vallée de l'ombre de la mort ; et d'autres parmi elles s'élancent avec leurs cornes pointées en avant, et on les appelle les Chèvres Poilues ; leur pelage est couvert de goudron et leurs poils sont des épines, pour terrifier les coupables ; et leur habitation se trouve au-delà des Montagnes des Ténèbres. A présent, je vous en supplie, permettez-moi d'habiter son corps et je jure que pas un cheveu de sa tête ne sera touché et que je la surveillerai comme la prunelle de mes yeux, afin que nul désagrément ne puisse la troubler ; et, quand la mesure de ma souffrance sera comble et qu'il me sera donné de purger ma peine, dans la Géhenne, pendant douze mois, alors je ne ferai pas de difficulté pour quitter le corps de cette femme et je la laisserai en paix. »

Et l'esprit prononça ces paroles rusées pour tromper les gens et pour se moquer d'eux. Et il y eut, en effet, des gens du commun qui, dans leur innocence, croyaient que les paroles du dybbuk étaient sincères et qui voulaient l'épargner ; mais le pieux Reb Mordecaï Joseph (que sa mémoire soit une bénédiction !) comprenait les artifices du démon (car il était un grand kabbaliste), et il s'écria : « Non, sors de son corps et va-t'en vers un lieu où nul homme n'habite et que nulle bête des champs ne foule de son pied. Car il n'est pas convenable que tu puisses continuer à exister parmi les vivants. » Et quand Reb Mordecaï Joseph eut prononcé ces mots, il médita sur certains noms sacrés, forma certaines associations, composa certaines combinaisons et décrivit certaines figures qui font l'objet de la science des initiés.

Alors l'esprit abandonna le ton doucereux et se mit à prononcer des paroles blessantes ; et une flamme jaillit de ses narines et il cria d'une voix tonitruante qui fit trembler les murs :

« Qui es-tu et quel est le mérite de tes ancêtres, toi qui crois pouvoir discuter avec moi ? Crois-tu que tu es un maître de Son nom, et instruit dans la Kabbale ? Non, car tu es un fieffé ignorant et tes combinaisons ne sauraient avoir le moindre effet ! » Et le dybbuk cita un proverbe en langage vulgaire : « Elles auront autant d'effet que des ventouses sur un mort » ; et il maudit Reb Mordecaï Joseph (que sa mémoire soit une bénédiction !) et lui joua des tours, tels qu'on n'en avait jamais vu ni entendu depuis la création du monde ; et la plupart des gens riaient de voir le pieux Reb Mordecaï Joseph ; le nom de Dieu fut gravement profané, car le dybbuk tenait des propos obscènes, se livrait à toutes sortes de bouffonneries, poussait des cris d'animaux et s'esclaffait bruyamment. Et d'abord, il fit le compte des péchés secrets de chacun ; et il les appelait par leur nom, clignait des yeux et leur demandait : « Ne te rappelles-tu pas tel et tel endroit ? » Et il se fit un beau vacarme : car il s'ingéniait à faire rougir de honte les femmes d'hommes respectables ; et il révéla que la femme du rabbin avait fait la putain, et il répandit des accusations calomnieuses sur beaucoup de familles, tout cela avec insolence et effronterie ; et (car nous sommes des pécheurs) personne n'osa accuser le dybbuk de mensonge ; et il devint plus hardi et révéla des faits que tout le monde ignorait et dont il fournissait des preuves évidentes. Il rappela à telle femme qu'elle avait un grain de beauté sous un sein ; à telle autre, qu'elle avait un signe de naissance, une autre avait un mauvais furoncle, une autre une cicatrice, une autre encore des poux, etc. Et il révéla également les choses qui se font entre *lui* et *elle,* entre l'homme et la femme. Et alors il jubilait, chantait sur des paroles qui rimaient, de sorte que tous étaient émerveillés de l'entendre, car les femmes n'ont pas habituellement de telles inventions ; il railla les femmes et leurs habitudes. Comment elles bénissaient les chandelles le jour du shabbat et les jours de fêtes et comment elles faisaient la dîme du pain blanc et la brûlaient, et comment elles triaient les pois ; il parla de leurs gestes au bain rituel et dans la synagogue ; et il commentait tout cela avec malice pour que les femmes soient enlaidies aux yeux de leurs maris ; et il donnait aux pieux des surnoms, en allemand, par exemple : *trop, lekish, parech, esel, shemosh, pushkemeckler, kaltoon bock* et d'autres encore (tête d'épingle, sale gale, bourrique, souillon, touche-à-tout, bouc puant) et il les exprimait aussi en polonais et dans la langue d'Ivan ; et il chantait les mélodies du cortège nuptial avec un grand talent, ainsi que la Mélodie du Rite de la Coiffe, quand le marié couvre les cheveux de la mariée, et encore la Mélodie de la Danse du Dais Nuptial, ainsi que la Mélodie de l'Escorte, quand le couple de mariés est escorté jusqu'à leur chambre ; et il imitait le son du fifre et des cymbales, de la cornemuse et des autres instruments, et tout cela sans ouvrir la bouche ; et les cœurs de la congrégation fondaient comme de la cire à la vue des gesticulations et des grimaces de la femme ; et il y avait dans l'assistance des personnes d'une grande légèreté et qui n'avaient jamais cru à la transmigration des âmes ; et maintenant qu'elles voyaient ce spectacle, de leurs propres yeux, elles tombaient la face contre terre et se frappaient la poitrine et arrachaient leurs vêtements ; le tumulte était à son comble.

Alors Reb Mordecaï Joseph (que sa mémoire soit

une bénédiction !) rassembla toutes ses forces et demanda que l'on allât chercher un encensoir, de l'onyx, de la cire, de l'encens et autres aromates, ainsi que des charbons ardents. Et il demanda que l'on allumât des chandelles noires ; et des hommes apportèrent la table de purification ; et il s'enveloppa lui-même dans une robe blanche et dix autres hommes mirent leurs châles de prière et les phylactères ; et le chantre prit une corne de bélier dans sa main. Alors Reb Mordecaï ouvrit les portes de l'Arche Sacrée, en retira un rouleau de la Torah, et s'écria :

« Dépêche-toi ! Envole-toi ! Ou je vais t'excommunier et te chasser par la force » ; et il plaça tous les aromates dans l'encensoir ; et la fumée de l'encens monta, car il est bien connu que l'odeur de l'encens fait fuir le Démon.

Et alors il arriva :

Quand l'esprit sentit l'odeur de l'encens sacré, il poussa un grand cri de douleur et il bondit jusqu'aux chevrons, et la femme roula sur le plancher, et de l'écume sortit de sa bouche comme de celle d'un épileptique (que Dieu nous garde !). Et par dépit, l'esprit lui arracha son vêtement et lui découvrit le corps ; et elle écarta les jambes pour montrer sa nudité et pour donner aux hommes des pensées de péché ; et elle faisait de l'eau et souillait le lieu sacré ; et ses seins devenaient aussi durs que des pierres et son ventre se distendait de telle sorte que dix hommes ne pouvaient le presser. Elle faisait passer sa jambe gauche derrière sa nuque, tandis que sa jambe droite restait raide comme une planche ; elle tirait la langue comme un pendu (Dieu nous préserve). C'est dans cet état qu'elle restait couchée et ses cris montaient directement au ciel ; et ses hurlements faisaient s'entrouvrir la terre. Elle vomissait du sang et de la sanie ; et il en coulait de ses narines et de ses yeux, et elle lâchait des vents. Et beaucoup dans la congrégation devenaient malades de dégoût ; tantôt elle riait, tantôt elle criait, puis sanglotait et grinçait des dents. Et beaucoup de femmes justes certifiaient qu'une odeur pestilentielle sortait de l'endroit même par où l'esprit avait pénétré (*voir plus haut*) ; et elle faisait des gestes si impudiques qu'il n'est pas possible de les décrire. Et quand on plaçait près d'elle un objet sacré — une page d'un livre saint usagé ou un fil tiré de la frange d'un châle de prière —, elle bondissait et s'envolait dans les airs. Et tout cela s'accompagnait de tonnerre et d'éclairs, au point que beaucoup dans la congrégation étaient frappés de terreur et que leurs genoux s'entrechoquaient ; et ils criaient : « Malheur à nous, car le Profane triomphe sur le Sacré (que Dieu l'empêche !). »

Alors Reb Mordecaï Joseph (que sa mémoire soit une bénédiction !) s'écria : « Souffle ! » et celui qui tenait la corne du bélier souffla. Et Reb Mordecaï Joseph s'écria : « Je t'excommunie. Que toutes les malédictions, que toutes les proscriptions prévues dans le Chapitre des Malédictions retombent sur ta tête, si tu nc quittes pas le corps de cette femme immédiatement » ; et le chantre chanta le Chapitre des Malédictions et saupoudra de cendres la tête de la femme. Et il se fit un tel tumulte dans la maison d'étude que les Gentils accoururent, accompagnés de leur prêtre ; et ils s'inclinèrent en disant que cette chose venait d'En Haut ; ils prièrent leur Dieu. Et quelques-uns criaient que la femme devait être mise à mort, car elle était une sorcière ; et les membres de la congrégation étaient si pressés dans la maison d'étude que plus personne ne pouvait entrer.

Et le dybbuk cria : « Libère-moi de la proscription et je veux partir de bonne foi, car je ne peux lutter plus longtemps contre le Sacré » ; et Reb Mordecaï Joseph (que sa mémoire soit une bénédiction !) fit comme le dybbuk avait demandé, en promettant d'étudier la Mishna en son nom et de réciter les Prières des Morts pour son âme ; et il soulagea le dybbuk et leva la proscription. Mais tout d'un coup le mauvais esprit se renia lui-même et s'écria : « Non, c'est mieux ici pour moi, et je ne partirai pas ! » Alors Reb Mordecaï Joseph le voua de nouveau à la proscription ; et il menaça le dybbuk et l'adjura ; et ceci dura des heures entières, car le dybbuk ne faisait que mentir, et sa langue crochue exprimait le parjure. Et il se vantait de ne pas craindre les noms sacrés, et il reniait le Dieu béni. Et quand ils lui demandaient : « Pourquoi donc es-tu puni ? » il répondait : « Tout est chance et hasard dans la nature » ; et ainsi il persistait dans sa rébellion. Si nous devions entreprendre de raconter le millième de tout ce qu'accomplit le démon, le millième de son cynisme et de son impudence, la langue serait trop courte pour le rapporter et cette feuille pour l'écrire. Mais toute la congrégation vit avec une parfaite évidence les miracles de Dieu et ils tournèrent de nouveau leur cœur vers leur Père qui est au Ciel. Et le nom du Tout-Puissant fut sanctifié ce jour-là.

Et il arriva vers le soir que l'esprit s'écria : « Occupez-vous de vous-mêmes, car je suis décidé à quitter le corps de cette femme, puisque les sons de la corne du bélier et les adjurations ne m'ont pas laissé de place ici ! » Et il se mit à pleurer avec des larmes humaines, et il dit : « Priez pour qu'Il se montre miséricordieux, car je suis dans une situation cruelle. » Et l'obscurité tomba sur la maison d'étude, car c'était un temps d'hiver et les jours étaient courts ; et toute la congrégation récita le verset qui commence par « Que l'allégresse soit en ce lieu » et différents psaumes et d'autres prières pour chasser l'esprit, quand soudain celui-ci cria : « Partez de là, car je sors ! » Et la bousculade provoquée par la terreur fut telle que beaucoup de gens furent piétinés. L'instant d'après, la congrégation aperçut un éclair de feu qui sortait *de ce même endroit ;* il s'envola par la fenêtre en perçant un trou rond dans le carreau ; et aucun homme n'ouvrit la bouche, car tous étaient frappés de mutisme par l'émotion.

Mais Rechele était étendue par terre, semblable à une morte, car ses forces lui venaient de l'esprit (*voir plus haut*). Et les femmes se précipitèrent, la recouvrirent et la portèrent dans sa maison pour la ranimer.

Et plusieurs nuits après, le mauvais esprit la visita et gratta à sa fenêtre et lui parla tendrement. Et il disait : « Vois donc ! Aussi longtemps que j'étais en toi, tu étais en bonne santé. Et maintenant, tu es malade et misérable ; mais laisse-moi retourner dans ton corps, enlève les amulettes de ta gorge, et je ferai ton bonheur. » Et l'esprit parlait à sa manière, avec des paroles doucereuses et charmeuses ; mais la femme ne voulut pas faire attention à lui ; et alors, il la menaça d'être punie de son entêtement et dit qu'il aurait sa revanche. Et ceci arriva (à cause de nos péchés qui sont grands), car le matin du troisième jour, quand les femmes vinrent chez Rechele pour la soigner, elles la trouvèrent morte, et son corps était déjà froid ; et elles accomplirent les rites qui convenaient à son état, et Reb Itche Mates, son premier mari, la pleura et récita les Prières des Morts sur sa tombe ; et dans son amour pour elle, qui ne connaissait pas de limites, il tomba malade ; et avant de mourir, il pria qu'on l'enterre auprès d'elle. Et ainsi cet homme juste s'en alla dans un baiser. Que son mérite nous tienne lieu de bouclier !

Et le rusé Gedaliya persuada le gardien ; et ce dernier lui ôta ses chaînes et ils s'enfuirent ensemble ; et Gedaliya devint un apostat (Dieu nous en garde !) et accéda à un rang élevé parmi les idolâtres et les persécuteurs des Juifs ; et il y eut des gens pour affirmer que Gedaliya n'était autre que Samaël lui-même et que tous ses actes ne visaient qu'à séduire les justes. Et voici la morale de cette histoire :

QUE NUL NE TENTE DE S'OPPOSER A LA VOLONTÉ DU
SEIGNEUR ; POUR METTRE FIN A NOTRE PEINE EN CE
MONDE, LE MESSIE VIENDRA À L'HEURE FIXÉE
PAR DIEU ; ET IL RACHÈTERA LES HOMMES DE
LEURS DOUTES ET DE LEURS CRIMES ; ALORS
LA MORT JETTERA AU LOIN SON ÉPÉE ; ET
SATAN MOURRA, ABJURÉ, ABHORRÉ !
LILITH S'ÉVANOUIRA DANS LA NUIT ;
L'EXIL PRENDRA FIN ET TOUT SERA
LUMIÈRE : AMEN, SELAH.

Telle est la conclusion et l'œuvre est achevée.

Glossaire

Bar-mitzvah : jeune garçon qui atteint sa majorité religieuse.

Cabanes (*fête des*) : ou Soukkoth, fête de la récolte, qui dure sept jours. Elle rappelle la protection miraculeuse dont Dieu a favorisé Israël pendant sa marche dans le désert. Pendant les sept jours, on échange son habitation habituelle contre une soukka (plur. soukkoth), fragile cabane couverte uniquement de feuillage. Le fidèle affirme ainsi sa dépendance à l'égard de Dieu et donne une preuve de sa confiance en la Providence.

Chevuoth : *pluriel de chevua,* « semaines ». Nom hébreu de la Pentecôte.

Elul : mois du calendrier juif qui précède Yom Kippur. Il est voué au repentir, à la prière et à la charité.

Hannukah : fête de « l'inauguration de l'autel », fête des lumières, qui dure huit jours et commémore, avec les victoires des Macchabées sur les troupes syriennes d'Antiochus Épiphane, de 167 à 165 avant l'ère chrétienne, la réinauguration du temple de Jérusalem.

Havdala : cérémonie de clôture du shabbat.

Heder : jadis école primaire juive en Europe centrale.

Kabbale : la tradition mystique juive.

Kaddish : prière en langue araméenne que l'on récite à la fin des passages importants de l'office. Elle est récitée aussi par les orphelins qui expriment en la prononçant leur confiance et leur soumission à la volonté divine.

Menorah : chandelier.

Midrash : commentaire homilétique de la Bible.

Mishna : code de la Loi orale (*voir Talmud*).

Mezouza (plur. *mezouzoth*) : étui que l'on fixe au montant droit de la porte et qui contient le texte du Shema (voir *Shema*) sur un petit rouleau de parchemin.

Mohel : celui qui pratique les circoncisions.

Pessah : nom hébreu de la Pâque.

Phylactères : petits étuis de cuir qui renferment, transcrit sur des feuillets de parchemin, le texte du Shema (voir *Shema*) et que l'on fixe à l'aide de lanières, l'un au bras gauche (en face du cœur) et l'autre au front (en face du cerveau).

Pourim : la fête des Sorts (pour = sort en persan) qui rappelle l'histoire de la reine Esther intervenant auprès d'Assuérus pour sauver le peuple juif menacé d'extermination.

Rosh Hashana : fête du nouvel an juif.

Shema « Shema Israël »... « Écoute Israël, le Seigneur est notre Dieu, le Seigneur est Un. » Premiers mots du texte le plus connu du rituel juif.

Simhath Torah : fête de la « réjouissance en la Torah » (voir *Torah*), dernier jour des fêtes de Soukkoth.

Shiva : « sept ». Les sept jours de deuil strict qui suivent le décès d'un parent proche.

SOUKKA (plur. *soukkoth*) : voir *Cabanes,* fête des.

TALMUD : code de la Loi orale, comprenant la Mishna et la Guemara. Il comporte deux aspects, l'un législatif (la Halakka), l'autre édifiant (la Haggada).

TAŠLIK : rite qui consiste à aller au bord d'une rivière, ou d'un fleuve, ou d'un lac, si possible riche en poissons. On récite la formule tirée de *Michée* 7, 19 : « Jette (Tašlik) dans le fond de la mer tous nos péchés. »

TORAH : la doctrine, la Loi. Au sens étroit, le Pentateuque. Au sens général, l'ensemble de la Loi juive.

YESHIVA : (plur. *Yeshivoth*), école talmudique.

YOM KIPPUR : le grand Pardon, jour d'expiation exclusivement consacré à la prière et à la pénitence.

Ce glossaire avait été établi pour un autre ouvrage d'Isaac Bashevis Singer, *Le Blasphémateur* (Stock, 1973), avec l'aide du regretté grand rabbin Guggenheim et de M. le rabbin David Messas.

MARIE-PIERRE CASTELNAU-BAY

ACHEVÉ D'IMPRIMER
EN MAI 1992
SUR LES PRESSES DE
L'IMPRIMERIE HÉRISSEY
À ÉVREUX (EURE)
POUR LE COMPTE DES ÉDITIONS STOCK
23, RUE DU SOMMERARD, 75005 PARIS

Imprimé en France

N° d'éditeur : 9006
N° d'imprimeur : 58126
Dépôt légal : mai 1992
54-12-3240-05
ISBN 2-234-01599-5

H/54-3240-6